L'Étranger

异乡人

[法]阿尔贝·加缪 著 刘俐 译

Albert Camus

ZHEJIANG UNIVERSITY PRESS
浙江大学出版社
·杭州·

图书在版编目（CIP）数据

异乡人 /（法）阿尔贝·加缪著；刘俐译.—杭州：浙江
大学出版社，2023.2
ISBN 978-7 308-23461-0

Ⅰ.①异… Ⅱ.①阿… ②刘… Ⅲ.①中篇小说—
法国—现代 Ⅳ.①I565.45

中国版本图书馆CIP数据核字（2022）第253692号

异乡人

[法]阿尔贝·加缪 著 刘俐 译

责任编辑	孔维胜
责任校对	闻晓虹
装帧设计	周伟伟
出版发行	浙江大学出版社
	（杭州天目山路148号 邮政编码310007）
	（网址：http://www.zjupress.com）
排　　版	北京楠竹文化发展有限公司
印　　刷	北京中科印刷有限公司
开　　本	787mm×1092mm　1/32
印　　张	4.5
字　　数	63千
版 印 次	2023年2月第1版　2023年2月第1次印刷
书　　号	ISBN 978-7-308-23461-0
定　　价	35.00元

译序

"今天，妈妈死了。"简短、直白、不修饰、没情感。《异乡人》突兀的开场，为本书的文字风格定了调——一种中性、冷调、口语化的"零度书写"，成为法国二十世纪文学的经典名句。

这种语调塑造了小说的主人翁，也是叙述者——莫禾梭（Meursault）。他是生活在北非法属阿尔及尔的底层人物。身为叙述者，却不爱说话：能不说就不说，能少说就少说，甚至有时话到唇边，又懒得说。"无所谓""没意义"是他的生活态度。他冷漠地叙述他的生活和周遭人、事、物，不评论，也不企图寻找意义。

他用身体、感觉实实在在地活着：城市的声音和气味、夜晚的风、海滩、女友的洋装和笑容，还有无所不在的阳光。

莫禾梭这个人物的塑造显然是来自加缪的自身经历。加缪是法国人所谓的"黑脚"（Pieds-noirs，出身北非殖民地的法国人），在物资极度匮乏的生活中，地中海的阳光就是他的养分。他说："贫穷对我从不是苦难，因为这里有挥霍不尽的阳光。"①

太阳是这本小说的重要元素：阳光下的海边嬉戏是人与自然的融合，是感官的颂歌，但阳光也可以是毁灭的力量。母亲出殡时，一路挥之不去的是无法承受的烈阳。海滩一幕对太阳的描写充满杀气和死亡的意象：钢刃、利刃、长刀、铙钹，甚至"天空似乎崩裂了，向大地喷洒着火苗"。莫禾梭被"整片燃烧着太阳的海滩"推着，他浑身紧绷，手指僵硬，在无意识间，触到手枪扳机，一个阿拉伯人应声而倒。一连串偶然、巧合"敲开了厄运之门"，如此荒谬，又如此理所当然。杀人者和被杀者都是大自然暴力的牺牲品。

这部小说有篇幅相当的两部分：第一部是莫禾梭流水账式的叙述。事件之间没有因果关联——住在同楼层的邻居和他的狗，吃饭时与他并桌的动作机械化的女子——呈现的是一个阿尔及尔小人物的

① La pauvreté n'a jamais été un mahlheur pour moi; la lumière y répandait ses richesses.（出自 Préface de *L'Envers et l'endroit*）

日常世界。

第二部是莫禾梭无意间成为杀人犯之后，法庭的审讯和行刑。

当庞大的司法机关启动，检察官和律师开始"俯身检视"罪犯的灵魂，各自将第一部中不相干的事件串联成"情节"。一个在里面看到恶魔，一个在里面看到模范儿子，"一切都是，也都不是"。如此荒谬，又如此理直气壮。

在法庭上，莫禾梭被排除在外，没人关心他的说法。他犯的罪并不是杀了一个阿拉伯人，审讯时，无人闻问。法庭是个剧场，检察官和律师的攻防是精心设计的大戏，每一个手势、每一种声调都有盘算好的效果。他们可以用一套诡辩话术，诱使证人说出违背本意的话。莫禾梭作为主角，却拒绝配合演出。他母丧时不掉眼泪，在法庭上也不诚心悔改。这就构成对社会伦理秩序的威胁，所以他非死不可。

莫禾梭是个社会的"异乡人"，他拒绝迎合世俗的价值，拒绝神父高傲的怜悯，拒绝上帝的救赎。他没有企图心，也没有大情怀，却可以为不说谎而上断头台。

面对死亡，他昂首直视。从母亲过世到走向刑场，是一个从荒谬的自觉到反抗的过程。

在狱中"充满征兆和星辰的夜晚，我第一次向这世界温柔的冷漠敞开我自己"，"美妙无比的安详如潮水般浸透我的全身……"他觉得自己一直是幸福的。正因意识到生命的荒谬，才能在悲剧中找到幸福。

以死亡开始，以死亡结束，死亡的主题贯串全书。死亡注定人生的一切作为是一场徒劳。但正如希腊西绪福斯神话中无止境重复的苦役："朝向山顶的战斗就足以充实人心。"[①]加缪想象西绪福斯是幸福的。

承袭法国启蒙哲人的传统，加缪以文学之笔阐扬哲学。《异乡人》于1942年7月出版，同年10月哲学论文《西绪福斯神话》（"Le Mythe de Sisyphe"）问世。之后有剧本《卡利古拉》（*Caligula*）和《误

[①] La lutte elle-même vers les sommets suffit à remplir un coeur d'homme. （出自 *Le mythe de Sisyphe*, Albert Camus, Gallimard, 1942）

会》(*Le Malentendu*)，完成他著名的"荒谬系列"。

在出版近八十年之后，读《异乡人》撞击力不减，是谓经典。

刘俐

关于加缪

从北非贫民窟之子到诺贝尔文学奖得主，加缪（1913—1960）传奇的人生在四十六岁的巅峰，因一场车祸戛然而止，给文坛留下不可弥补的遗憾。

加缪出生于法属阿尔及尔一个穷人区贝尔库（Belcourt）。父亲早逝，寡母不识字，经常三餐不继。翻转他命运的是他的小学老师热尔曼（Louis Germain）。他发现了加缪的才华，为他课后补习，争取奖学金，并亲自到他家中，说服他的家人，让他继续升学。加缪在诺贝尔奖获奖感言中，特别将这个奖献给他的恩师。

瘦小的加缪进入以中产阶级为主的学校里，备受歧视，这使他意识到阶级差异和种族偏见。他成天在街上混，热衷踢足球，曾想当职业球员，却在十七岁时得了肺病，粉碎了他的足球梦。肺病当时是无药可治的绝症，加缪一直活在死亡的阴影之下，但他深受地中海文明的影响，阳光是他生命的底色，海水、沙滩、大自然的美丽和力量是他所有作品的背景。

他的写作是从新闻报道开始的。25 岁在《阿尔及尔共和报》(*Alger Républicain*) 当记者时，他深入报道阿尔及利亚山区原住民的悲惨处境。他用笔挞伐不公，主张善待穆斯林。1940 年他到巴黎，进入《巴黎晚报》(*France Soir*)，为阿尔及利亚反殖民发声。二战期间，他编《战斗报》(*Le Combat*)，从事地下抗德活动。废除死刑是另一个他关注的议题。他不但在多部作品中批判死刑（包括《异乡人》)，并曾发表专文《关于断头台的思考》①，反对以任何形式杀人。总之，加缪不只是哲学家、文学家，更是一位斗士。他终身以行动实践他的理念。

剧场是他另一个热情所在。他喜欢团队合作，组过好几个剧团，包括团队（L'Équipe）和工人剧团（Le Travail）。他追求的是一种国民剧场，实践他一向的信念：以最平易的语言，触及最广大的群众。

他的第一部小说《异乡人》1942 年由法国最负

---

① "Réflexions sur la guillotine"，发表于《新法兰西月刊》(*Nouvelle Revue Française*)，1957, No.54、55。

盛名的伽利玛出版，由此他一举成名，成为文坛最受瞩目的明星，且立即被出版社聘为文学顾问。他的办公室就在人文荟萃的巴黎左岸。20世纪50年代刚走出二战阴霾的巴黎，物资短缺，狭窄公寓里大多没暖气，于是咖啡馆就成为作家和艺术家写作、讨论、会朋友的地方（萨特、波伏瓦、毕加索等人都是常客）。以花神咖啡馆为中心的圣日耳曼区（Saint-Germain-des-Près），就像18世纪法国的贵族沙龙，成为新思潮孕育、传播之所，成为巴黎独特的一道人文风景。

三十出头的加缪就是这里的标杆人物。但与那些在咖啡馆高谈阔论、毕业于名校的知识精英不同的是，他的作品都来自他的亲身经历。摄影大师布列松（Henri Cartier-Bresson）为他留下的神采深植人心：嘴叼一支烟，身穿一袭风衣。他潇洒知性的魅力，使他的情感生活同样多彩。

他结过两次婚，在他生命的最后十年，他同时与不少于三位情人交往。

他生命的挚爱无疑是法国戏剧史上迄今无人能及的传奇女演员卡萨雷斯（Maria Casarès）。她是

《误会》(*Le Malentendu*) 一剧首演的女主角,她宽厚又脆弱的嗓音、层次丰富的表情,让加缪在她身上找到了角色最完美的诠释。两位剧场人迸出爱情火花,成为一世的心灵伴侣。在十五年间,加缪写了八百六十五封信,有时一日数封。[1]

1960 年回巴黎途中,他与出版社好友米歇尔·伽利玛(Michel Gallimard)的座车冲出跑道,加缪当场身亡,口袋里还有一张回巴黎的火车票。

在回巴黎之前,他写了四封情书,分别给他年龄、国籍不一的情人。这或许可以为他的"唐璜理论"做个注脚:"既然他以同样的激情爱她们,每一次都全心投入","为什么为了要爱得深就爱得少呢?"[2]

今年(2020 年)是加缪逝世六十周年。法国

---

[1] 加缪妻子过世后,女儿卡特琳娜(Catherine)将他与卡萨雷斯的书信整理出版,他们疯狂动人的爱情,传诵一时。(*Correspondance, 1944-1959*, Albert Camus, Maria Casarès, Gallimard, 2017)

[2] Le Donjuanisme, *Le Mythe de Sisyphe*, Albert Camus, Gallimard, 1942.

正以各种方式纪念这位影响深远的巨人，并拍摄了一部纪录片：《加缪的多重人生》(Les vies d'Albert Camus)[1]。是的，短短四十六年，面对生命的脆弱与绝望，他活出了精彩的多重人生。

这就是人的终极反抗。

刘俐

---

[1] *Les vies d'Albert Camus*, George-Marc Benamou 导演，2020.

目 录

第一部

第一章

今天，妈妈死了。也许是昨天，我不确定。只接到养老院的一封电报："母殁。明日下葬。节哀。"说得不清不楚。有可能是昨天。

养老院位于马安沟（Marengo），距离阿尔及尔还有 80 公里。我预备搭两点的公交车，下午就到了。这样可以夜里守灵，明天晚上就能回来。我于是向老板请两天假。以这样的理由，他不能不准假，但是他看起来还是不怎么乐意。我甚至还跟他说："这不是我的错。"他没搭理，所以我想我不该这么说的。但无论如何，我没有什么好抱歉的。倒是他应该来慰问我。等后天他看到我戴孝，就一定会有所表示吧。眼下就像是妈妈还没死。等到葬礼过后，这件事正式了结，也就显得名目正当了。

我搭了两点钟的公交车。天气酷热。跟平常一样，我在赛来斯特（Céleste）的餐馆吃了饭。大家都为我十分难过，赛来斯特还跟我说："妈妈没人能取代。"我走的时候，大伙儿送我到门口。我有点晕头转向，因为还得赶去埃马纽埃尔（Emmanuel）那儿，向他借黑领带和黑臂纱。几个月前，他叔叔才过世。

为了不错过那班车，我是跑着去的。走得匆忙，又跑了一段，再加上车子颠簸和汽油味，这一切让我头昏脑涨，几乎一路打瞌睡。等我醒来，才发现自己歪靠在一个军人身上，他对我笑了笑，问我是不是远道来的。我只应了声"是的"，免得再聊下去。

养老院离村子还有两公里，我徒步走过去。我想马上去看妈妈，但是门房说我得先见院长，他正忙着，我就等了一会儿。这一路门房讲个不停。之后我见到了院长，他在办公室接见我。院长是个小老头，胸上戴着荣誉骑士勋章。他用一双清澈的眼睛看着我，然后握着我的手不放，搞得我不知道怎么把手抽回来。他看了看档案，跟我说："莫禾梭太太是三年前来的，你是她唯一的亲人。"我觉得他语带责备，就预备向他解释，但被他打断了："好孩子，你不需要为自己辩解。我看过你母亲的档案，你是没能力抚养她的。她必须有人照顾，你的薪水有限。再说，她在这儿还过得开心一点。"我说："是的，院长。"他又说："你知道，她在这儿有朋友，跟她同年龄的朋友，可以分享他们那一代感兴趣的事。你还年轻，她跟你在一起会很无聊的。"

他说的没错。以前她住在家里的时候，总是终日默默用眼光跟着我。刚搬进养老院那段日子，她经常哭，不过那是因为还不习惯，几个月之后，要是叫她搬出来，她反倒要哭了，这还是个习惯问题。也就是这个缘故，最后一年我几乎没来过养老院。来一趟要耗去我整个星期天——何况还要花气力走到公交车站、买车票，坐两个小时的车。

院长还说了一些话，但我没心思听，后来他跟我说："你一定想看看你母亲。"我默默站起身来，跟着他走到门口，在台阶上他向我解释："我们已经把她的遗体移到这个小太平间，以免惊动其他老人家。每当有住院老人过世，其他人在两三天之内都会心神不宁，这会增添我们在服务上的麻烦。"我们穿过一个院落，里面有很多老人三三两两交头接耳。我们经过时，他们就停下来，我们一走开，他们又继续窃窃私语，像一群吱吱喳喳的鹦鹉。走到一栋建筑物的门口，院长向我告辞："莫禾梭先生，我就不陪你了。若有什么需要，就到办公室找我。葬礼原则上定在明天早上十点钟，这样你可以为母亲守灵。还有一点，你母亲好像常常向她的朋友表示，希望死后有一个宗教葬礼。我已经做了必要的安排，只是想应该让你知道一下。"我向他道了谢。虽然妈妈活着的时候，从来没有想过宗教问题，但也不是无神论者。

　　我走进去太平间。房间里光线很好，石灰刷的白墙，屋顶是玻璃天窗，里面有几张椅子，还有些X形的架子。放在正中间的两只椅子架着一口棺材，已经上了盖子。棺木用核桃皮染成褐色，上面闪亮的钉子，只松松地钉着。棺材旁边，有一位穿着白色护理袍的阿拉伯护士，头上系着一条颜色鲜艳的头巾。

这时候，门房已经站在我的身后。他一定是跑过来的，气喘吁吁地说："他们已经把盖子阖上了，但是我应该把棺材打开来，让你再看看她。"他走近棺材，但我把他拉住了。他问我："你不要看吗？"我回答："不用。"他停下来，我有点不自在，觉得我不应该这么说的。过了一会儿，他看了看我，问道："为什么？"但没有指责的意思，只是想了解吧。我说："不知道。"他一边捻着他的白胡子，眼睛也没看我，一边说道："我懂的。"他的眼睛很漂亮，浅蓝色的，脸色红润。他搬给我一把椅子，自己也在我后方坐了下来。看护站起身走向出口。这时候门房跟我说："她脸上长了个疮。"我还没意会过来，这才注意到，那位护士整个头部都用纱布缠着，只露出一双眼睛，在鼻子的部位，纱巾是平的，那张脸上只看到纱巾的一片白。

她走了之后，门房对我说："我还是让你一个人静静吧。"我不知道做了一个什么手势，他留了下来，站在我后面。身后站了个人，让我很不自在。房间里洒满了黄昏的美丽光线。两只大黄蜂在玻璃窗上嗡嗡叫。我昏昏欲睡。我跟门房说，头都没有回："你在这儿很久了吧？"他立刻接口道："五年了。"好像早等着我问这句话了。

之后，他就絮絮叨叨说个不停。说他自己再也没想到，最后会在马安沟养老院当门房。他今年六十四岁，是巴黎人。这时我打断他的话："哦，你不是本地人？"这才想起来，带我去看院长之前，他曾经跟我谈过妈妈，还提到，要赶快让妈妈下葬，因为平原上天气热，尤其是这一带。那时候他就告诉过我，他以前在巴黎住过，而且一直难忘那段经历。在巴黎，有时可以陪死者三四天，在这里却得赶时间，还没有做好心理准备，就急急把棺材搬走了。这时他太太发话："别说了，这种话不该对先生说。"老先生脸红了，赶紧跟我道歉。我为他缓颊道："没事、没事。"我觉得他说的没错，很有点道理。

在小小的太平间里，他告诉我，是因为太穷，才进了养老院。他自觉身体还硬朗，所以自荐当门房。我跟他说，反正，你也算这儿的房客，他又说不是。我之前就已经觉得奇怪，他每提到养老院的老人——有些年纪并不比他大——他总是说"他们""其他人"，偶尔说"老人"。当然他跟他们不同，他是门房，所以在某种程度上来说，他对老人是有管辖权的。

看护这时候又进来。夜晚突然降临。很快，玻璃窗就暗下来了。门房扭动了电灯的开关，突如其来的强光让我眼睛都花了。他请我去食堂进餐，但我不饿，他就建议给我端杯牛奶咖啡。我很喜欢加奶咖啡，就接受了。过了一会儿，他就给我端了一个托盘来。喝完咖啡，就想抽烟，但我迟疑了一下，不知能不能在妈妈这儿抽烟，想了想，觉得这也没什么要紧，就递了一支给门房，两人一起抽将起来。

过了一会儿，他对我说："你知道，令堂的朋友也会来守灵，这是惯例。我要去准备些椅子和黑咖啡。"我问他能不能关掉一盏灯，灯光打在墙上的反光让我很疲倦。他说不行，这里的设备就是这样的：要不全开，要不全关。之后我就没再理会他。他出去又进来，摆好椅子。然后在一张椅子上放了咖啡壶，旁边还有一叠咖啡杯，然后就坐下，面对着我，在妈妈的另一边。看护也在屋子尽头，背对着我。我看不清楚她在做什么，但从她手臂的动作看来，我想她是在织毛线。天气温和，喝了咖啡让我暖和起来。门是打开的，传来夜晚的气味和花香。我好像打了一会儿盹。

一阵窸窣声把我吵醒了。闭了一阵眼睛，屋子的白色显得更耀眼了，眼前没有一道阴影，每件东西、每个弯角、所有的曲线，都洁白得刺眼。就在这个时候，妈妈的朋友们进来了，总共大概有十来人。他们在刺眼的光线中默默鱼贯而入，静悄悄地坐下，没有一张椅子发出一点声响。我看着他们，脸上的每一个细节都看得清清楚楚，可是却没听到任何声音，我简直无法相信他们真的存在。几乎所有的女人都穿着一件罩衫，腰间系着一条带子，使她们的大肚皮更显眼。我还从来没注意过，老女人的肚子可以如此之大，而男人几乎都很瘦，还拄着拐杖。他们的脸让我讶异的是，我看不见眼睛，只见到一团皱纹中漏出一线黯淡的光。落座之后，他们大部分的人都看看我，局促地点个头，因为嘴里没牙，嘴唇完全凹陷不见了，所以我不知道他们是在跟我打招呼，还是习惯性地脸部抽搐。我相信他们是在向我致意。这个时候我才发现，他们都坐在我对面，围在门房四周，摇晃着脑袋。有片刻，我突然有一个荒谬的感觉：他们像是在审判我。

不一会儿，一位老太太开始哭泣。她被其他人遮住了，所以我看不清楚。她的哭声很低但很规律，我觉得好像没完没了，其他人似乎完全没听到。他们个个孱弱、了无生气、静默无声。盯着棺材或自己的拐杖，或随便什么东西，就是呆呆地盯着。那老太太一直哭，令我很惊讶，因为我不认识她。我真希望她别哭了，但是不好跟她说。门房上前弯身劝说，但是她摇摇头，含糊地说了些什么，又继续她规律的哭声。门房于是往我这边走来，在我旁边坐下。过了好一阵子，他没回头看我，只说："她跟令堂很要好，说是她在这儿唯一的朋友，现在就只剩她孤零零一个人了。"

就这样过了好一阵子，老太太的叹息和啜泣声渐渐弱了，开始不停地吸鼻子。最后终于安静。我睡意全消，可是很疲倦而且两边腰痛。这会儿众人的一片死寂叫人难受，只有偶尔会听到一个奇怪的声响，可是不知道是什么。久了，我终于猜出来了，是有几个老人家在咂嘴巴，于是发出一种古怪的咂嘴声。但是他们完全没有察觉，全都沉浸在自己的思绪中。我甚至觉得，躺在他们中间的这位死者，在他们眼中，无关紧要。不过现在我才知道，这个印象是错误的。

我们都喝了门房为我们准备的咖啡，之后的事，我就不记得了。夜晚就这样过去了。只记得有一次我张开眼，见老人家们睡得东倒西歪，只有一个人，双手挂着拐杖，下巴靠在手背上，两眼直直地盯着我，好像就在等着我醒过来。之后我又睡着了。但我的腰越来越痛，又醒了。阳光从玻璃天窗洒进来。过了一会儿，有一位老人醒了，咳得很厉害。他把痰吐在一块方格子的大手帕里，每咳一口都像是要把肺吐出来了。咳声把其他人都吵醒了。这时门房说该走了。众人起身，这一夜的煎熬让他们个个面色如土。临走的时候，让我非常惊讶的是，他们每个人都来跟我握了手，仿佛这个夜晚，尽管我们没有交谈，却让我们亲近了许多。

我非常疲倦。门房把我带到他那里，让我梳洗一下，我又喝了杯加奶咖啡，味道很好。我走出来的时候，天已经大亮了。在马安沟和大海之间的天空中，布满了红晕，风从山丘上吹过，带来一阵海盐的味道，看来会是个好天气。我已经很久没有到乡间走走，不禁想到，若不是有妈妈的丧事，在这里散散步该是多么愉快的事。

我在中庭的一棵梧桐树下等着，闻到新鲜泥土的气味，顿时睡意全消了。我想到办公室的同事，他们这会儿正要起身，准备上工呢，对我来说，这永远是最痛苦的时刻。窗子后面有搬东西的声响，之后又回归平静。太阳升得更高，已经开始晒到我的脚了。这时门房穿过中庭来告诉我，院长要我去一下。我进了他的办公室，他要我签了几份文件。我注意到他穿了一身黑衣和条纹长裤。他手里拿着电话，一边对我说："殡仪馆的人已经到了好一阵子，我要请他们阖上棺盖了，你要不要再看母亲最后一眼？"我说不用。他于是降低音量，对着话筒说："菲雅克（Figeac），跟他们说可以了。"

随后，他告诉我，他会参加葬礼，我道了谢。他坐在办公桌后面，把两只细瘦的脚交叉起来，告诉我，葬礼只有我、他和值班的护士，没有别人了。原则上，其他院友不参加葬礼，只让他们守灵："这是出于人道考量。"但他破例允许妈妈的一位老朋友托马·佩雷（Thomas Pérez）跟随出殡。说到这儿，院长笑了。他告诉我："你要了解，这是一种有点稚气的感情。他和你母亲形影不离。在养老院大伙儿喜欢开他们玩笑，会对佩雷说：'这是你女朋友啊。'他就会笑，但这句话是让他们很开心的。莫禾梭太太过世，对他的打击很大。我认为我不能拒绝他参加葬礼，但我接受医师的建议，不让他参加昨夜的守灵。"

之后，我们默默相对了一阵子。院长起身，望向办公室的窗子。突然，他说："马安沟的神父已经来了，比预定的时间早。"他说，走到村子的教堂至少要三刻钟。我们下了楼，在大楼前看到神父领着两个侍童，其中一个手持香炉，神父朝他弯下身来，调整香炉上银链的长度。我们到了之后，神父站起身来。他叫我："我的孩子"，对我说了几句话之后，就走进屋内，我也随他进入。

我一眼就看到棺木的螺丝已经旋上，旁边有四个身着黑衣的人。这时我听到院长说灵车已经在路边等候。神父开始祷告。从这时开始，过程进行快速。四个人在棺木上覆盖棺罩。神父、侍童、院长和我都出了门。在大门前，有一位我不认识的女士叫我："莫禾梭先生"，我没听清楚这位女士的名字，只知道是护士长。她向我弯身致意，削瘦狭长的脸上没有一丝笑容。之后，我们列队让遗体先行，随着托棺者的脚步，出了养老院。大门前停着灵车，漆得发亮，长方形，看起来像个铅笔盒。车子旁边有一位个子矮小、穿着滑稽、举止煞有介事的老先生，就是佩雷先生。他头戴一顶帽檐很大的软呢圆帽（在棺木经过时，他举帽致意），身着西装，长裤的脚管扎在鞋面上，颈子上打着一个很小的黑色领结，跟他白色的大领子很不相称。长满黑点的鼻子下，嘴唇不停地颤抖，纤细的白发中露出两只细长的耳朵，摇晃的耳缘形状怪异，颜色红通通的，与苍白的脸色反差甚大，让我印象深刻。司仪让我们各自就位，神父走在最前面，车子随后，四个男子围在车子旁边，后面是院长、我和走在最后面的护士和佩雷先生。

这时日正当中，烘烤着地面，热度快速上蹿。我不知道为什么要等那么久才上路。裹在黑色的丧服中，我热得难受。那位小老头先前戴上了帽子，这会儿又脱了下来。我略朝他的方向站着，院长跟他谈话的时候，我正看着他。院长说，以前佩雷和我母亲常常晚上一起散步到村里去，由一位护士陪着。我放眼看这乡间的周遭环境：成排的柏树一直延伸到天际的山丘，棕红与绿色相间的大地，稀稀落落、轮廓清晰的房屋，我体会了妈妈的心境。在这片乡间，夜晚应该是一个忧郁的休止符。而今天，肆虐的阳光却让这片风景战栗不安，使它变得残酷无情，令人沮丧。

我们上路了。这时我才发现佩雷有点瘸。车子的速度渐渐加快，他老人家跟不上队伍了。护棺中的一员也落在后面，跟我走到旁边了。太阳升高的快速让我惊讶。我注意到田野间虫鸣草长，一直嗡嗡作响。汗水从我的双颊流下。我没有帽子，只能用手帕扇风。殡仪馆的一个人跟我说了什么，我没听清楚。他一边用左手拿手帕擦额头，一边用右手将帽檐抬起来。我问他："你刚才说什么哪？"他指着天空，说："太阳烤人啊！"我说："是啊。"过了一会儿，他问："里面是你的母亲？"我回答"是的"。"她岁数很大了吧？"我回答："大概是吧。"因为我不知道她确切的年龄。之后，他就没再说话了。我转过身，看见老佩雷已经落后我们有五十米了，他费劲地摇晃着他的呢帽子。我又看了看院长，他很有尊严地迈着步子，没有多余的动作，额头沁出几滴汗水，他也不擦。

我感觉队伍走得更快了。四周是同样吸饱阳光的明亮乡野，太阳的强光仍是让人难以承受。有一次，我们走过一段刚刚整修过的马路，太阳竟然把柏油路面都晒化了，脚步就陷入其中，露出里面油晃晃的软沥青。在灵车上，车夫那顶熟牛皮的帽子就像是用这种黑泥搓揉出来的。蓝白的天空和单调的色彩——柏油翻开的黏糊糊的黑、丧服暗沉的黑、灵车发亮的黑——让我有些迷糊了。所有这些阳光、皮革和马粪的味道，还有油漆和香炉的气味，加上一夜未合眼的疲惫，使我的眼睛和思绪都一片混沌。我再度转身：佩雷已经远远落在后面，消失在一团热气之中，然后就看不见了。我用眼光搜寻，看见他已离开马路，往田野里走去。我这才发现眼前的马路转了弯。原来佩雷熟悉这里的地形，他抄小路好赶上我们。到转弯处，他已经赶上我们了。之后，他又脱队，又穿越田野，如此这般数次。而我，一直觉得太阳穴下血脉跳得厉害。

之后的事进行得如此快速，如此确定，如此理所当然，我什么都不记得了。只记得一件事：在村子的入口，护士长曾经跟我讲话。她的声音很特别，悦耳带点颤抖，与她的长相完全不相称。她说："如果慢慢走，有中暑的危险，但是走得太快又会流汗，到了教堂里可能会着凉。"说得没错，真叫人左右为难。对这个日子，我脑子里还留下几个深刻的影像：佩雷的脸——他最后一次在村子口赶上我们的时候，脸颊上满是大颗颗因紧张、痛苦而涌出的泪水，在布满皱纹的脸上，泪珠不会流动，而是散布串联，在变形的脸上形成一层晶莹的水幕——还有教堂和人行道上的村民，墓园坟墓上红色的天竺葵，佩雷昏倒路边（简直像一具散了架的木偶），妈妈棺木上滚动的血色的泥土，掺杂着白色的树根，许许多多人、声音、村子、在咖啡馆前的等待，灵车马达不停地嗡嗡响，还有，当巴士驶入阿尔及尔的灯火之中，我的欣喜——想到可以躺下来睡它十二个小时。

第二章

一觉睡醒，我才搞懂为什么我向老板请两天假的时候，他老大不高兴。因为今天是周六。我几乎完全忘了，醒来的时候才想起这件事。老板自然会想，加上星期天，我就连休四天假，他当然不会开心。不过妈妈下葬是昨天，不是今天，这不能怪我，再说，周六、周日本来就是假日。不过，我还是能够了解老板的心情。

昨天整日的折腾把我累坏了，早上起床很是痛苦。一边刮胡子一边想着今天要干什么，决定去海边游泳。于是搭车去港口的海滨浴场。我跃身水道之中。年轻人很多。在水里我遇见玛丽·卡多纳（Marie Cardona），她是我以前办公室的打字员，那时候我就对她有意思，我想她对我也有好感，可惜她很快就离职了，我们还没来得及发展。我扶她上了一只浮标，这就碰触到她的乳房。我还在水里，她已经平躺在浮标上。她转过身来对着我，发丝拂在眼睛上，还一边笑着。我爬上浮标躺在她身旁。天气非常好，我好玩地把头往后仰放在她的肚子上，她没有作声，我就这样躺着，眼睛望着整个天空，一片蔚蓝还镶着金边。在我的颈子下面，可以感觉她腹部轻轻地起伏。我们就这样，半醒半睡地躺在浮标上很久。后来阳光太烈，她又跳进水里，我也跟进。我追上她，把手绕在她的腰上，一起游泳。她一直笑着。回到浮标上，她一边擦干头发一边跟我说："我晒得比你黑。"我问她，晚上要不要跟我去看电影。她又笑了，说想看一部费南代尔①主演的片子。等我们换好衣服，她看到我的黑领

———

① 费南代尔（Fernandel，1903—1971），法国著名搞笑喜剧演员。

带，问我是不是在戴孝。我告诉她妈妈过世，她问我是什么时候的事，我告诉她："是昨天。"她吓得往后退了一步，但没有任何表示。我很想告诉她，这不是我的错，但忍住没说，因为我想起来这句话已经跟老板说过，没什么意思。何况，人难免会有些错处。

晚上，玛丽就都忘了。电影有些片段很好笑，但实在太愚蠢。她的腿贴着我的，我抚摸她的乳房。电影快要结束的时候，我亲了她，但是有点笨拙。看完电影，我就把她带回家。

醒来的时候，玛丽已经走了。她告诉我要去看阿姨。我想到今天是星期天，觉得很无聊：我不喜欢星期天。于是，我又躺回床上，在长枕头里找寻玛丽头发留下的海盐的味道，一直睡到十点钟。然后又在床上抽烟，就这样赖到中午。我不想像平常那样去赛来斯特的馆子吃饭，因为他们肯定会问我一大堆问题，我不喜欢。就自己煎了鸡蛋，就着锅子吃了，也没配面包，因为家里没有了，我也懒得下楼去买。

吃了中饭，我无聊地在公寓里打转。妈妈在的时候，这公寓很方便，现在对我一个人来说就太大了。我把餐厅里的餐桌搬到我的卧室里，现在就只在这一个房间里活动，一张已经有点下陷的草编椅子、一个镜面已经有点发黄的衣橱、一个梳妆台、一张铜床，其他地方都废着，没人打理。过了一会儿，为了找点事做，就拿起一张旧报纸来读，从里面剪下一块"苦神盐"的广告[①]，把它贴在一本老旧的剪贴簿里，我把所有在报纸上看到的有趣东西都贴在里面。我起来洗了洗手，最后站到阳台上。

我的房间面向村子最大的一条街。下午的街道很美，但是路面泥泞，行人稀少又匆忙。先看到些出门溜达的一家人，两个穿着海军装的小男孩，短裤过膝，在笔挺的衣服里显得很局促，一个小女孩打着一只粉红色的大蝴蝶结，脚穿黑色漆皮鞋。他们后面，跟着一个体积庞大的母亲，身着咖啡色丝质洋装，父亲身材矮小瘦弱，有点面熟。他戴着平顶窄边草帽，手里拿着拐杖。看到他跟太太一起，难怪这一带的人都说他气度优雅。过了一阵子，是

[①] Les sels Kruschen 是二十世纪初法国流行的一种营养食品，因趣味化广告而家喻户晓。

一批村里的年轻人，梳着油亮亮的头发，打着红色领带，紧身外套上插着绣了花的方巾，脚踏方头皮鞋。我想他们应该是赶去市中心看电影，所以才这么早出发，急急忙忙地往电车方向奔去，一边大声说笑着。

这一群人走过，这条路就慢慢冷清了。想是晚上的各种热闹都已开始，街上只剩下店家和猫。从沿路的无花果树上望去，天空晴朗，但光线不耀眼。对面走道上卖烟草的店家，搬出来一张椅子放在门前，跨坐其上，两只胳臂撑在椅背上。刚刚挤满人的电车，这会儿几乎是空的。卖烟草摊子旁的小咖啡馆"皮耶侯之家"里，侍者正在空荡荡的馆里清扫木屑。标准的星期天景象。

我把椅子反转过来，像卖烟草的那样放着，觉得这样比较方便。抽了两根烟，回到房里拿了一块巧克力，站在阳台窗边吃。过了没多久，天色暗下来，我以为会来一场夏日暴风雨，然而云层又逐渐散去。但乌云过境，预兆山雨欲来，使街道变暗了。我在阳台上仰望天空，待了很久。

五点钟，有轨电车在嘈杂声中抵达了。车上满载着一群群从郊区体育馆回来的观众，站在踏板和电车后面的铁栏杆上。随后的几班电车载回来的是球员，我从他们的小旅行袋子认出来的。他们扯着嗓子大声叫着、唱着，歌颂他们的俱乐部永远屹立不摇。有几位还跟我打招呼，其中一个对着我大叫："我们把他们干掉了。"我一边点头，一边大声回应。之后，汽车就开始大批涌进。

天色又暗了一些。屋顶上方，天色泛红，随着夜晚的降临，街道开始热闹起来，散步的人渐渐回来了。孩子们有的哭着，有的让大人拽着走。就在这时候，村子里电影院散场的观众也涌入街头。其中，年轻人的神情都比平常活跃，我猜大概是刚看了一部冒险电影吧。到城里看电影的人回来得晚些。他们看起来比较严肃，虽然还笑着，但不时露出疲惫、若有所思的样子，继续在街上晃荡，在对面的行人道上来来去去。村里的姑娘，散着头发，手挽着手。小伙子故意迎着她们走过去，跟她们说些笑话，让她们边扭过头去，边咯咯笑。其中有几个我认识的，跟我打招呼。

街灯这时突然亮起，让夜空里刚出现的几颗星星显得黯淡。我看着人行道上的人群和灯火，眼睛开始觉得累了。路灯照在湿漉漉的石砌路上，电车规律地每隔一会儿便将影子投射在发亮的头发、一个笑容或一只银手镯上面。过了一会儿，电车班次少了，树梢和街灯上的夜色更暗了。不知不觉中，街区已经空无一人，直到第一只猫出现，慢慢穿过又变得空荡的街头。这才想到，该吃晚餐了。因为一直靠在椅背上，脖子有点酸痛。我下楼买了面包和面条，做了晚餐，站着就吃了。本来想到窗口抽根烟，但天凉了，觉得有点冷，于是把窗子关了。回头看到镜子里一角上的酒精灯旁，还有几块面包。心里想着：一个星期天又这样混过去了。妈妈已经下葬，我又要开始上班了。总之，一切没变，日子还是照样过。

第三章

今天我在办公室工作卖力，老板对我也特别亲切，问我这些天会不会太累了，还问到妈妈的年纪。我说"六十来岁"，免得说错。不知道为什么，他看起来像是松了口气，大概觉得了结了一桩事吧。

我的桌上堆积了一大沓提单，我都得一一处理。在离开办公室去吃饭之前，我去洗了个手。我最喜欢中午这段时间，晚上擦手就没那么舒爽，因为墙上转动的拭手巾用了一整天，已经全湿了。我曾经向老板反映过这件事，他的回答是，这虽然有点不便，也没什么大不了的。我耽搁了一会儿，十二点半，才跟运送部门的埃马纽埃尔一起出门。办公室正对着大海，我们观望了一阵烈阳下港口里的货轮。就在这个时候，一辆卡车开过来，一路响着铁链的撞击声和轰隆隆的爆炸声。埃马纽埃尔对我说："追上去吧？"我迈开步子就跑。卡车已经开过我们，我们使劲在后面追赶，霎时被淹没在噪音和灰尘里，我什么都看不见了，只觉得自己在绞车、机器、天际飘动的船桅和沿岸的船身之间狂乱地飞奔。我抢先抓住了车杆，一跃而上，再帮埃马纽埃尔坐下。两个人气喘吁吁。卡车就在灰尘和大太阳下，一路颠簸在崎岖不平的路上。埃马纽埃尔笑得喘不过气来。

到赛来斯特处，已是大汗淋漓。赛来斯特永远守在店里，挺着他的大肚皮，系着围裙，留着白胡子。他问我："你还好吧？"我说还行，告诉他我饿了。我吃得很快，还喝了杯咖啡，然后就回家，睡了一会儿，因为酒喝多了。醒来的时候想抽根烟。但时间不早了，我跑着去赶电车。一个下午都很忙。办公室很热，晚上下班出来，我很愉快地沿着岸边漫步回家。天空碧绿，心情大好。但我还是直接回家了，想着为自己做一份煮洋芋泥。

上楼梯的时候，在漆黑的楼梯上撞到了住在同层楼的邻居，老萨拉曼诺（Salamano），带着他的狗。他跟这只老狗相依为命已经八年了。这只西班牙猎犬有皮肤病，我猜是红斑疹，所以毛都掉光了，满身是痂和褐色的疤。老萨拉曼诺跟他的老狗长期窝在一个房间里，跟它愈来愈像了。他也是一脸红色的痂，毛发枯黄稀疏。那只狗也跟它的主人一样，有点驼，嘴巴向前突出，脖子僵直。他俩看起来是同一品种，却彼此嫌恶。每天两次——上午十一时和下午六时，老头会出门遛狗。八年来，走的都是同一路线：一直沿着里昂街走。其实是老狗拖着老头走，一直拖到他跟跄倒地，老头于是对着狗一顿打骂，老狗吓得抽筋，只好跟着走。这下轮到老头拖着狗往前走，等老狗忘了，它又开始拉着主人，难免又要挨打挨骂。之后，他俩就待在行人道上对望，狗带着畏惧，老头带着怨恨。如此这般，日复一日。狗想撒尿的时候，老头不让它好好撒，继续拖着它往前走，于是这狗就沿路滴尿，偶尔也会尿在屋子里，免不了又是一顿打骂。就这样过了八年。赛来斯特总是说："真可怜哪！"其实谁也不知道是怎么回事。我在楼梯间遇到萨拉曼诺正在怒骂那只老狗。他吼着："混账！死东西！"老狗一阵呻吟。我对老萨说了声："晚安"，但是老头还是骂个不停。我于是问他这狗干了什么事惹他生那么大的气。他没回答，还是连声"混账！死东西！"他面朝老狗，正在调整狗的项圈吧。我猜他没听见，就说得更大声一点。他头也没回地回答，似乎是按捺着满腔的怒气："我气它还赖着不死。"说着又拖着狗走了。老狗四脚趴地，一路呻吟。

就在这时候，同层的另一位邻居回来了。这附近的人，都说他是个吃软饭的。但是别人问他干哪一行，他总是说他是"仓库管理员"。大致看来，在这栋楼里，他的人缘极差。但他倒是常跟我聊，有时还会到我屋里坐坐，因为我会听他说话。我觉得他讲话挺有趣的。何况，我也没什么理由不跟他说话。他名叫雷蒙·杉泰斯（Raymond Sintès）。他个头小、肩膀宽，长着一个拳击手的歪鼻子，总是穿着体面。说到萨拉曼诺，他也说："真是可怜见的！"还问我会不会觉得很恶心，我说不会。

我们上了楼，道别时他问我："我屋里有猪血肠和酒。要不要来吃点？"我想这样省得自己开伙，就答应了。他也只有一间房，和一个没窗户的厨房。床的上方，有一个白色粉色相间灰泥制的天使塑像、几张拳击冠军照和两三张裸女图片。屋里很脏，床也没铺，他先点亮石油灯，然后从口袋里掏出一卷脏兮兮的绷带，把右手包扎起来。我问他怎么了，他说他刚刚跟一个找他麻烦的人干了一架。

"莫禾梭先生，您知道，"他对我说，"我不是坏人，只是性子烈。那个人冲着我说：'你要是个男子汉，就给我从电车上下来。'我跟他说：'得了，安分点吧。'他说我不是个男人，所以我就下车对他说：'你还是少说两句，免得我收拾你。'他回说：'你凭什么。'我立马给了他一拳，就把他给摆平了。我呢，正预备扶他起来，他却躺在地上，向我踹了好几脚。我又给了他一腿，再狠狠打了他两拳，他满脸挂彩。我问他，苦头吃够了没有。他说：'够了。'"

说话的时候，杉泰斯一直在绑他的绷带。我坐在他的床上。他继续说："您看，这可不是我挑起的。是他存心找麻烦。"他说的没错，我同意。然后他表示，正想请教我对这件事有什么建议。他认为我是个男子汉，又有人生阅历，我可以帮他的忙，往后我们就是哥们儿了。我没说话，他问我想不想当他的哥们儿。我说无所谓，他似乎很满意。于是他取出猪血肠在锅子上煎，又拿了杯子、盘子等餐具和两瓶酒。两人都静静地没说话。之后我们就坐上餐桌，一边吃，他一边跟我讲他的故事。起初还有点迟疑："我认识一个女人……也可以说是我的相好吧。"他打的那个人正是他情妇的兄弟。杉泰斯说他曾经供养他的情妇，我没搭话，他随即又说，他知道街坊邻居怎么议论他，但他问心无愧，而且他是仓库管理员。

"回头来说我的事吧，"他对我说，"我发现她对我不老实。"他供应她勉强够用的花费，付她的房租，还有每天二十法郎的饭钱。"三百房租，六百餐费，偶尔替她买双丝袜，这就要一千法郎了。而且这位大小姐不肯工作，还嫌我给她的钱太少，不够花。我就问她：'那你为什么不找个半天的工作？这样就可以买你想买的那些东西，也可以让我舒口气。我这个月已经给你买了一件套装，每天给你二十法郎，又付房租，而你呢，只会下午跟朋友喝咖啡。你拿出咖啡和糖去请他们，钱可是我给的。我对你好，你却不知好歹。'她就是不肯打工，硬说是办不到。我这才发现她不老实。"

接着他又说，他在她的口袋里找到一张彩券，却说不出哪里来的钱。后来，他又在她的住处找到一个去过当铺的"证据"，她当掉了两只手镯。他可从来不知道她有这两只镯子。"摆明了，是她骗我，我就跟她分手了。但是我先揍了她一顿，告诉她别以为我不晓得她那些花样。我跟她说，她想要的不过就是找乐子。莫禾梭先生，您明白吧，就像我跟她说的：'你没看见大家都嫉妒我给你过好日子。你以后就会知道你多有福气。'"

这回把她打到见血。之前，他是不打她的。"我只是拍拍她，可以说是很温柔的。她会乱叫，我就把百叶窗拉下来，也就没事了。可是这次可严重了。虽然对我来说，我觉得教训得还不够。"

因此他说，想听听我的意见。他停下来拨了拨灯芯。而我，一直听着他讲。我已经喝下一公升的酒，两边的太阳穴都发烫。烟抽完了，就抽雷蒙的。最后的班车都过了，也带走了村子里的喧嚣。雷蒙继续说。他觉得烦恼的是，"他对她的肉体还舍不下"，但他还是要教训她。他本想把她带到旅馆开房间，再叫来"风化警察"闹个丑闻，让她登上卖莺名单。但他后来找到在风月场里混的朋友打听，他们也没想出什么法子。不过就像雷蒙对我说的，道上的朋友还是很管用的。他把事情向他们说明以后，他们就建议给她"打个烙印"，但他不愿这么干。他还要仔细想想。在做决定之前，他要我帮个忙，他想知道我对这件事有什么想法。我表示没什么想法，但是听来有趣。他问我这中间有没有不忠的问题，我觉得的确有问题。他又问，她是否该受点教训，若是我碰到这种事会怎么做，我跟他说，真碰上这事会怎么反应，很难说，但是我能了解他想给她一个教训。我又喝了点酒。他点燃一支烟，这才把他的主意告诉我。他想给她写封信："好好踹她几脚，但同时要让她后悔。"之后，等她回心转意，就再跟她睡觉，"在就要完事的时候"，他会朝她脸上吐口水，把她轰出去。我也觉得这样一来，她就受到教训了。但雷蒙跟我说，他自觉没能力写这封信，于是想到找我代笔。他见我没吭声，就问我是否介意马上就写这封信，我说不介意。

一杯酒下肚之后，他就站起身来，把碗碟和吃剩下的一点猪血肠推到一边，还把桌上铺的塑胶桌布仔细擦了一遍，从床头桌的抽屉里取出一张格子纸、一个黄色信封、一支小小的红木钢笔和一个装有紫色墨水的方墨水瓶。我听到他说出这女子的名字，就知道是个北非摩尔人。我把信写了，写得有点心不在焉。但我还是尽量让雷蒙满意，我没有理由让他不高兴。然后我把信大声读了一遍，他边抽烟边点头，又要我再读了一遍，这才完全放心，对我说道："我就知道，你是个见过世面的人。"我起先还没留意，他对我的称呼从"您"变成"你"，直到他郑重宣示："现在你是我的好哥们儿了。"我这才发觉到。他把这句话重复了几次，我也连连称是。我对哥们儿这回事无所谓，但他像是真心诚意的。他把信封好，我们又把酒给干了，就静静地抽了一会儿烟。外面一片静寂，可以清楚听到一辆公交车滑过的声音。我说:"时间不早了。"雷蒙也附和说,时间过得真快,在某种意义上,的确是的。我很困,连站起来的力气都没有。想必我看起来垂头丧气,因为雷蒙对我说不可以自暴自弃。起先我还没听懂。他解释说,他知道我母亲过世了,但这种事早晚都是要来的。我也是这么想的。

我站起身,雷蒙用力握住我的手说,男人跟男人之间,心意总是能相通的。从他家出来,我把门带上,在黑漆漆的楼梯间里待了一会儿。整栋楼都很安静,从楼梯间深处,冒出一股阴暗潮湿的气息。耳朵里只听得血管在噗噗地跳。我就静静站着不动。从萨拉曼诺的房里,又传来那只老狗低沉的呻吟声。

第四章

　　接下来的一整个星期，我都卖力工作。雷蒙来找过我，信已经寄出去了。我跟埃马纽埃尔去看过两次电影，他常常看不懂，我得解释给他听。昨天是周末，玛丽来了，我们约好的。她穿了一件红白条子的漂亮洋装，脚上是一双皮凉鞋，还可以隐约看到她结实的乳房，晒亮的皮肤让她的脸灿烂得像朵花，令我垂涎，勾起我的欲望。我们搭公交车，到阿尔及尔几公里外的海滩，它夹在岩石之间，靠岸那边是大片芦苇。下午四点钟的太阳不太热，但海水还是温的，细微的海浪拖得很长，懒洋洋的。玛丽教我一个游戏：游水时在浪头上吞一口浪花，然后翻身来把那口水吐向天空。这就形成一条泡沫的花边，慢慢在空间消失，或者是像雨水一样，落到我自己脸上。这么玩着没多久，我满嘴都是海盐的苦涩味。玛丽回到我身边，在水里黏着我，把嘴贴上我的，舌头把我的唇润湿了。我们就这样在浪中翻转了好一阵子。

等我们回到沙滩穿上衣服，玛丽望着我，两眼发亮。我吻她。之后我们不再说话。我把她搂在怀里，急着找辆公交车回家，到我那儿，躺上床去。出门时我让窗户开着，这时夏日的夜晚在我们晒过的身体上流淌而过，真舒服。

今天上午玛丽留在我这儿，我跟她说好一起吃中饭。我下楼去买肉。上楼时，听到雷蒙房里有一个女人的声音。几乎同时，又听到老萨拉曼诺在骂他的狗，还有木楼梯上的脚步声和狗爪子的声音，接着就是："混账！死东西！"他们已经到了街上。我把这老家伙的故事告诉玛丽，把她逗笑了。她穿着我的大睡衣，把袖子卷起来。她笑的时候，我又想跟她上床。过了一会儿，她问我爱不爱她。我跟她说，这话没什么意义，我觉得是不爱。她看起来很伤心。在做午餐的时候，她忽然莫名其妙狂笑不止，我只好把她搂进怀里。就在这时，从雷蒙那里传出吵架的声音。

起先听到一个女子尖锐的叫声，跟着是雷蒙的声音："我叫你骗我，我叫你骗我，我要好好教你怎么骗我！"一声低哑的咕哝之后，女人放声吼叫出来。声音如此惊悚，霎时间，楼梯间挤满了人。玛丽和我也走出房间。女人还在叫，雷蒙则继续打。玛丽说这太可怕了，我没搭话。她要我去叫警察，可是我跟她说，我不喜欢警察。但警察已然来了，是三楼住的修水管的叫来的。警察敲了敲门，里面就不出声了。警察更用力敲了一阵，女人还在哭，雷蒙这才把门打开了。他嘴里叼了一根烟，故作和善的样子。女人冲到门口对警察说，雷蒙打她。警察叫雷蒙报上名来，雷蒙乖乖回答了。警察又说："你跟我讲话的时候把烟丢掉。"雷蒙犹疑了一下，看了我一眼，又狠狠吸了一口烟。这时警察朝着他的脸，狠狠甩了一个结结实实的大巴掌，烟被甩到几米之外。雷蒙脸色都变了，但他一声没吭，然后低声下气地问，能不能把烟头捡回来。警察说可以，但又加了一句："下次你就知道，警察可不是吃素的！"女人还一直哭，不断地说他打她，他是个拉皮条的。"警察先生，说一个男人拉皮条不违法吗？"警察叫他闭嘴。雷蒙转身对女人说："你等着吧，小娘儿们，咱们走着瞧。"警察叫他少废话，女人可以走了，而他得待屋子里等候警察局传讯，还说他醉得浑身打哆嗦，自己应该觉得羞愧。雷蒙急着辩解："我没喝醉，只是我站在你面前，肯定是要发抖的。"他把门关上，大伙儿一哄而散。玛丽和我做好了中饭。但是玛丽没胃口，我一个人一扫而光。她大约一点钟离去。我睡了一会儿。

大约三点钟有人敲门，雷蒙进来了。我还躺在床上。他就在我床边坐下。有一会儿，他没说话，我就问他后来事情怎么样了。他告诉我，他做了他想做的，其实是她先打了他一耳光，他才揍她的。至于以后的事我都看到了。我跟他说，我觉得她现在已经受到教训，他应该满意了。他也认同，还指出，警察想帮她也是白费劲，反正她终究是挨了揍。他还说，他很了解警察那一套，知道怎么应付他们。他接着问我，当时是不是等着他回应警察那一巴掌。我说没有，而且我不喜欢警察。雷蒙似乎很高兴，问我要不要跟他一起出去。我于是起身梳了梳头发。他又要求我一定要当他的证人。我倒无所谓，但是我不知道该说什么。照雷蒙的说法，我只消说，那女的对不起他就行了。我于是答应当他的证人。

我们出了门，雷蒙请我喝了杯白兰地。然后又打了一局台球，以些微差距，我输了。之后他邀我逛窑子，我没兴趣，拒绝了。于是两人就慢悠悠走回家，他一路继续说，他很高兴把他的情妇教训了一顿。我觉得他对我很好，我们度过一段好时光。

老远我就看到，萨拉曼诺站在门口，一副失魂落魄的样子。等走近了才发现，他的老狗不在旁边。他东张西望，慌乱地团团转，想望穿走廊的阴暗深处，嘴里语无伦次地咕哝着，一边用他那双小小的红眼睛，在街上仔细搜寻。雷蒙问他怎么了，他没有马上回答。只模糊地听到他自顾自地嘀咕：

"混账！死东西！"还不断比手画脚。我问他老狗到哪里去了。他猛然说道："它失踪了。"接着又滔滔不绝地说："我像平常一样，把它带到'练兵场市集'临时搭的木棚。四周都是人，我停下来看一出《落难国王》。准备走的时候，它已经不见了。本来我早想帮它买一个紧一点的狗套。可我怎么也没想到，这死东西会这样就跑了。"

雷蒙跟他说，老狗可能是走丢了，自己会找回来的。还举了很多例子，有些狗可以跑上好几公里回来找主人。话虽如此，老头似乎更激动了。"他们会把它带走的，你们懂吧。说不定还有人收养它呢。不过这不太可能，它长了那么些疮，没人不嫌的。一定会被警察局抓去。"我告诉他可以到动物收容所去看看，缴一点手续费就可以把它领回。他问我，手续费贵不贵。我也不清楚，于是他发火了："要为这个死东西花钱！让它饿死算了。"然后又开始辱骂不停。雷蒙听了好笑，进了屋子。我跟着他进去，在楼梯间分手。不一会儿，又听到老头的脚步声，他敲我的门呢。打开门，他在门口站了一会儿，不住地说："对不起，对不起。"我请他进屋坐，他不肯，只盯着鞋尖，粗糙的双手不停颤抖，也没有抬头看我。他问："他们不会把它带走的吧，莫禾梭先生？他们会把它还给我的吧，要不我的日子怎么过啊？"我告诉他，收容所会收留三天，等主人去领，三天之后就任由他们处理了。他静静地望着我，然后道了声晚安，把门关了。我还听到他在房里踱来踱去。他的床嘎吱嘎吱地响。一种奇怪的细碎声音穿墙而来，我听出是他在哭。不知道为什么我想到妈妈。但我隔天早上，得起个早。肚子不饿，晚饭也没吃就睡了。

第五章

雷蒙打电话到办公室来，说他的一个朋友（他曾跟朋友谈起过我）邀我星期天到他在阿尔及尔附近的木屋去玩。我表示很乐意，但已经约了一位女朋友。雷蒙立刻邀她一起去，还说，他朋友的太太会很高兴在一群男士中，有个女伴。

我很想马上挂断电话，因为知道老板不喜欢我们在办公室打私人电话。但雷蒙要我再等一下，说他本来可以等晚上再说，但他还有另外一件事要提醒我。因为他一整天都被一群阿拉伯人盯上，其中就有他老情人的兄弟。"如果你今晚回家时看到他们，先通知我。"我说，没问题。

过了一会儿，老板找我，一时间，我还担心，怕他要我少打电话，多干活。结果完全不是这么回事。他说，公司有一个新计划，要找我谈谈。计划尚未成形，他只是想了解一下我的想法：他有意在巴黎设一个办事处，就地处理业务，直接跟大公司洽谈。他问我有没有意愿去。这样一来，我可以住在巴黎，而且每年还可以有部分时间到各地出差。"你还年轻，我觉得你应该会喜欢这样的生活。"我说是的，但其实，我也无所谓。他于是问我是否有兴趣改变生活，我说，人是不可能改变生活的。反正在哪儿生活都差不多。我对现在的生活也没有什么不满意的。他似乎很不以为然，说我总是答非所问，缺乏野心，这对做生意是致命伤。我又回去办公事。其实我并不想让他不高兴，但也没理由改变我的生活。我仔细想过：我的生活也没有什么不好。学生时代，我也曾有过这类野心，但被迫辍学之后，我很快就了解，这些事完全没有实质的意义。

晚上，玛丽来找我，问我愿不愿意跟她结婚，我说无所谓，如果她想，结婚也行。然后，她又要知道我爱不爱她。我的回答跟以前一样，这种话没有意义，而且我显然是不爱她的。"那你为什么要娶我？"她问道。我说，这种事不重要，如果她想结婚，我们就结。反正是她主动提出的，我只是同意而已。她于是指出，婚姻是桩严肃的事。我说："不是。"她沉默了一会儿，静静地看着我。后来又说，她只是想知道，如果另外一个女人，跟我同样亲近，也提出这样的要求，我是否也会答应。我说："那当然。"她开始自问是不是爱我。对这一点，我爱莫能助。她又沉默了一会儿，喃喃地说，我真是个怪人，或许就是因此她才爱我的，但可能有一天，她会因为同样的理由而讨厌我。我没有表示意见。她见我不作声，就笑着拉起我的手臂，而且扬言要嫁给我。我说，她什么时候想嫁，我们就什么时候去办婚事。我于是提到老板给我的建议。玛丽说，她很想认识巴黎，我告诉她，我曾在巴黎待过一段时间，她问我观感如何，我说："脏得很，好多鸽子和不见天日的中庭。还有，巴黎人皮肤很白。"

随后我们出门散步。顺着大街，穿越整个城市。我发现街上的女子都很漂亮，就问玛丽有没有注意到。她同意，还说她明白我的意思。之后，好一阵子没再说话。我希望她留下陪我，就提议到赛来斯特那儿晚餐。她说她也很愿意，但是她有别的事。这时已经快走到我家了，只能跟她道别。她看着我问："你不想知道我有什么事吗？"我想知道，但没想到要问她。这似乎让她不高兴，但看到我局促不安的样子，她笑了，同时把整个人靠过来，吻我。

晚上在赛来斯特那儿晚餐。才刚开始吃，就看见一个模样奇怪、个头很小的女人，问我能不能跟我同桌，这当然无法拒绝。她动作一板一眼，胖嘟嘟的苹果脸上，眼睛很亮。她先脱下短外套，一入座就开始急切地研究菜单。她把赛来斯特叫来，用很精准、快速的声音，点了她要的菜。在等前菜的时候，她打开皮包，拿出一张方形小纸条和一支铅笔，先把账单结算好，再从背心的小口袋里取出小费和饭钱，加在一起，放在面前。这时，前菜上了，她三两下就快速解决。在等下一道菜的时候，她又从皮包里拿出一支蓝色铅笔和一本广播节目周刊，非常仔细地勾下几乎所有的节目。那本杂志有十来页，她用餐时间就一直在仔细勾节目。我已经吃完了，她还在认真地埋头工作，吃完，就起身，以同样机器人般的精准动作，穿起她的短外套。我反正闲着没事，就走出餐厅，跟在她后面走了一阵子。她靠着行人道的边缘，以一种惊人的快速、精确的步伐往前走，不拐弯也不回头，终于消失在我的视线中。我这才顺着原路往回走，觉得这真是个怪人，但随即也就把她忘了。

走到家门口，看到老萨拉曼诺，我让他进屋。他这才告诉我，他的狗真的不见了。收留所里没有，那里的工作人员说，它有可能被压死了。他又问他们，到警察局能不能打听出它的下落。人家告诉他，这种事天天发生，没人会留记录。我跟老萨拉曼诺说，他可以再养一只狗。但他说得对，他已经习惯了这一只。

我蹲在床上，老萨拉曼诺就坐在桌前的一张椅子上。他面对着我，两只手放在膝盖上，头上还戴着他那顶老毡帽。在发黄的唇髭下，嘴里咕哝着没头没脑的句子，实在有点烦人。但我反正闲着没事，也并不想睡，为了找话说，就问他的狗怎么样了。他告诉我，是老婆死了之后才养的。他婚结得晚，年轻的时候曾想入戏剧这一行。当兵时曾加入军队歌舞剧团，但后来进了铁路局工作，也不后悔，因为现在他有一份为数不多的养老金。他跟老婆处得并不好，但大致说来，也习惯了。老婆过世之后，他觉得很孤单，所以才向局里的同事要了一只狗。他领来的时候，它还很小，要用奶瓶喂它，但狗的寿命短，他们就一起老去。"它的性情很坏，"老萨拉曼诺说，"时不时会大闹一场，但终究是条好狗。"我说这狗是好品种，萨拉曼诺似乎很高兴，"而且，"他接着说，"你还没看过它生病前的样子呢。它的毛可漂亮着呢。"自从它得了皮肤病，每天早晚，老萨拉曼诺都替它敷药膏，但他说，它真正的病，是老了，而衰老是没办法治的。

就在这时，我打了个哈欠。老头说他要走了。我说，他还可以待一会儿，而且对他老狗的遭遇表示同情。他向我道谢，还说，我妈很喜欢他的狗。提到她的时候，他总是说"你可怜的妈"。他认定我对母亲的过世很难过，我没作声。他于是对我说（语气急促而且有点不自在的样子），他知道街坊邻居对我的观感不好，因为我把妈妈送入养老院，但他了解我，他知道我很爱妈妈。我说，我一直没搞懂，到现在也还不知道街坊因为这件事对我有意见，其实，我觉得把母亲送到养老院是很自然的事，因为我无力抚养母亲。"再说，长久以来，她跟我已经无话可说，她一个人无聊得很。""是啊，"他附和着说，"在养老院，她至少可以交到些朋友。"然后他就告辞，说要回去睡了。但他的生活就此不一样了，他还不知道要怎么办。接着，他怯生生地伸出手，这还是我认识他以来的第一次。我触到他皮肤上的粗糙的鳞片。他脸上出现一丝笑容，走之前还说："希望今天晚上没有狗叫声，我只要一听到狗叫，就以为是它。"

第六章

　　星期天，我昏睡不醒，要玛丽叫我、摇我，才
把我叫起来。我们连早饭也没吃，为了早点去海边
戏水。我整个人像被掏空了，还有点头痛，烟抽进
嘴里也有点苦涩。玛丽笑我一张"哭丧的脸"。她
穿着一件白色麻质洋装，散披着长发，我赞她真漂
亮，她开心地笑了。

　　下楼的时候，我们敲了敲雷蒙的门，他回说就
下来。到了街上，正是日正当中，我又是疲惫，又
一直闷在遮着窗帘的屋子里，日头迎面而来，像是

一记耳光。玛丽却雀跃不已，不住赞叹天气真好！我也舒爽些了，开始觉得饿。我跟玛丽说了，她指了指她的漆布袋子，里面有我们的游泳衣和浴巾，就等雷蒙出来了。这时就听到他关门。他穿一条蓝色长裤和一件白色短袖衬衫，还戴了顶水手帽，又把玛丽逗笑了。他手臂黑色的汗毛让皮肤显得格外苍白，我只觉得恶心。他下楼时吹着口哨，十分洋洋自得，跟我招呼："早啊，老哥。"还对着玛丽称呼"小姐"。

前一天，我跟他一同去了警察局，并做证那个女人是"耍"了他。警局给了他个告诫，这事就算了结，也没有求证我的说明。在门口，我们和雷蒙商量了一下，决定搭公交车去。虽然海滩并不远，但搭车快些。雷蒙认为他的朋友看到我们早到会很高兴的。我们正要出发，雷蒙突然对我做了个手势，要我往对面看，我这就看到一群阿拉伯人背靠着卖烟店的门面站着。他们就只是默默看着我们，但是那种神态，不多也不少，就是能让我们感觉他们把我们当块石头或是槁木。雷蒙指给我看，左边第二人就是他说的那个家伙。雷蒙有些忧心忡忡的样子。不过，他又说，这件事已经过去了。玛丽不进入情况，还问是怎么回事。我告诉她是些跟雷蒙有过节的人。玛丽要我们立刻出发。雷蒙起身，笑着说是该赶快走。

我们往公交车站走去，有点距离。雷蒙说，那批阿拉伯人没有跟过来，我回头看，他们还在原地，若无其事地看着我们刚离开的地方。我们上了公交车，雷蒙这才完全放下心，不停说些笑话逗玛丽开心。我可以感觉，他对玛丽有意思，但是她几乎不搭理他，只是偶尔笑着看他一眼。

我们在阿尔及尔郊区下了车，海滩离车站不远，但必须要穿过一个面对海的小山头，再走下山坡到海边。在刺眼的蓝天之下，山头上布满发黄的石头和雪白的水仙花。玛丽玩心大起，在花朵上用力甩着她的漆布袋，把花瓣撒落一地。我们就在成排绿白围栏相间的小别墅间穿梭。有些别墅阳台完全被红柳遮住了，还有些则立在光秃秃的石堆当中。还没走到高地的边缘，就可以看到平静无波的大海和更远处，一条宽阔的岬角静躺在清澈的水中。安静的海天中传来一阵轻轻的马达声。只见老远处，一艘小小的拖网渔舟在耀眼的海面上静悄悄地驶过。玛丽采了几朵岩石上的鸢尾花。从通向海边的斜坡上，我们看到已经有些人在海边戏水。

雷蒙的朋友住在海滩尽头的一个木板屋里。小屋靠在岩石上，前面支撑的木桩就泡在水中。雷蒙为我们相互介绍了一番，他的朋友叫马颂（Masson），块头很大，肩宽腰阔。太太却是小小的、圆滚滚的，人很和善，巴黎口音。马颂要我们别客气，他准备了些炸鱼，是他早上才钓来的。我不住向他赞叹这屋子真漂亮。他告诉我，他们周六、周日和假期都在这里度过，还说："我和老婆气味相投。"这时，他太太正在和玛丽有说有笑呢。这瞬间，我第一次真心觉得可以结婚了。

马颂要去游泳，但他太太和雷蒙不想去。我们三人就走到海边。玛丽立刻跳下水，马颂和我还观望了一会儿。马颂说话慢条斯理，而且习惯每说一句话，都要加上"我甚至还要说"，虽然也没说出什么进一步的道理。谈到玛丽，他说："她是个正妹，我甚至还要说，迷人。"随后，我没再留意他这口头禅，开始全心感受晒太阳的舒畅。脚下的沙子开始发烫。我又拖延了一会儿下水的欲望，最后还是忍不住对马颂说"下去吧？"就一跃入水。他则缓缓走入水里，一直到脚踩不到底了，才投入水中。他游蛙式，而且泳技极差，我只好丢下他，去找玛丽了。水很凉，我游得很痛快。我跟玛丽一直游到很远，两人动作一致，心情也一样愉悦。

游入大海，我俩开始仰游。我的脸朝着天空，太阳把流到我嘴里的最后一层水珠也晒干了。我们看到马颂已经游回岸上，躺着晒太阳。从远处看，他身形庞大。玛丽要我们并排游，我却游到她后面，好搂着她的腰。于是她用手臂划着前行，我则用脚打水帮着出力。一个上午，轻轻的打水声就这样跟着我们，一直到我累了，才放开她。我呼吸顺畅，规律地往回游。回到岸上，我在马颂身边躺下，肚子贴地，把脸往沙子里埋。我跟他说："真舒服。"他也同意。不久，玛丽来了，我翻过身来，好看着她走过来。她浑身沾了咸海水的沙粒，头发卷在后面，在我身边并排躺下。她的身体和太阳的双重热力，让我有点昏昏欲睡了。

玛丽推了推我，说马颂已经回去，该吃中饭

了。我马上站起身，因为我也饿了。但玛丽说，从早上到现在，我都还没亲过她呢。的确，而且我很想亲她。"到水里来。"她对我说，我们于是跑向海边，平躺在浅浅的波浪上，我们划了几下。她贴着我，我能感觉她的两条腿绕在我的腿上，撩起了我的欲望。

我们回到岸上，马颂已经在叫我们了。我喊肚子饿。他马上对太太说，他喜欢我这种个性。面包可口，我把我那份鱼也狼吞虎咽地吃了。之后，还有肉和炸薯条。大伙闷头吃，顾不得说话。马颂不时喝口酒，也不停为我斟酒。到了上咖啡的时候，我已经脑袋发胀，又抽了很多烟。马颂、雷蒙和我商量着八月要一块在海边度假，费用均摊。玛丽突然说："你们知道现在几点吗？才十一点半。"我们都很惊讶，但马颂说，我们的确吃得早，但这也很正常，反正什么时候肚子饿了，就该吃午餐。我不知道为什么这话又逗得玛丽笑。我看她是喝多了。马颂问我要不要跟他到海边散步。"我老婆饭后习惯睡午觉，我不喜欢，饭后我需要走走。我一直跟她说，这样比较健康。不过，她有午睡的权利。"

玛丽说，她留下来帮忙洗碗。那位娇小的巴黎女士说，要洗碗，得先把男人赶出去，于是我们三人就下楼了。

太阳几乎是垂直射向沙滩，照在海水上简直耀眼得让人无法逼视。沙滩上空无一人。沿着高地，伸向大海的那排木屋中，传来杯盘交错的声音。石头的热气从地面直往上冒，让人透不过气来。一开始，雷蒙和马颂谈的都是我不认识的人和事，我这才知道他们是老朋友，而且有一段时期还曾经住在一起。我们一直往水边走，然后就沿着大海，不时会有一波长浪，把我们的帆布鞋都打湿了。我脑中空荡荡，因为没戴帽子，太阳直射在头上，我已经在半睡眠状态了。

这时，雷蒙对马颂说了几句话，我没听清楚。就在同时，我注意到沙滩尽头，离我们很远之处，两名穿着蓝色工服的阿拉伯人，正朝我们走来。我看了雷蒙一眼，他对我说："就是他。"我们继续走。马颂奇怪他们怎会一直尾随我们到这儿。我想是因为他们看到我们带了海水浴的袋子去搭公交车，但是我什么都没说。

阿拉伯人走得很慢，但已经离我们近得多了。我们维持原来的步伐。雷蒙说："要是打起来，我对付那家伙，马颂，你负责第二个。莫禾梭，你呢，要是再出现一个，就交给你了。"我应声说是。然后马颂把两手放进口袋里。这时，脚下发烫的沙子好像都变成红色了。我们步伐一致地朝着阿拉伯人走去，与他们之间的距离随之缩小。等到彼此间只隔几步的时候，阿拉伯人停了下来，马颂和我也放慢脚步。雷蒙直直往他的对手走去。我没听清楚他跟那人说了什么，只见那人作势要打他的头，雷蒙便先动手了，并立即召唤马颂，马颂朝雷蒙指派的那人走去，而且使足了劲打了他两拳。那阿拉伯人被打趴到水里，脸朝水面，就这样几秒钟没动。之后，他的脑袋四周开始冒泡。就在同时，雷蒙也出手了，把另一个打得满脸是血。雷蒙回过头来对我说："你看我怎么收拾他。"我向他大喊："小心，他有刀子！"说时迟，那时快，雷蒙的手臂已经淌血，嘴唇也挂彩了。

　　马颂向前跳了一步，但另一个阿拉伯人已经站起来，而且站在那位手握武器的人身后。我们不敢动。他们边盯着我们，边慢慢往后退，而且亮出刀子，让我们不敢造次。等他们估计有足够的空间，就火速逃离。我们被太阳钉在那儿动弹不得，雷蒙则紧按住他血流不止的手臂。

马颂立刻说，有一位医生每周日都在山头上度假。雷蒙想马上就过去，但每当他开口说话，伤口的血就从他嘴里冒出泡泡。我们扶着他，尽快回到木屋中。雷蒙说他只是受了皮肉之伤，走过去看医生没问题。马颂跟他一起去了。我留下来负责向女士说明始末。马颂太太哭了，玛丽也面色苍白，要我说明实在为难。最后我什么也没说，只是望着大海，猛吸烟。

约一点半时，雷蒙和马颂回来了。雷蒙手臂缠着绷带，嘴角贴了橡皮膏。医生跟他说无大碍。但雷蒙脸色阴沉，马颂想逗他说笑，但他始终不发一言。后来他说要到海滩去。我问他要去哪儿，他回说要出去透透气。马颂和我都要陪他，不料，他勃然大怒，把我们臭骂一顿。马颂说不要去惹他。但是，我还是跟着他去了。

我们在海滩上走了很久。烈日让人透不过气。

阳光在沙子和海面上碎裂片片。我原以为雷蒙知道要去哪儿，显然不是这么回事。我们一直走到海滩尽头，在一块巨石后面有一股泉水在沙中潺潺而流。到了那儿，我们又看到那两个阿拉伯人。他们躺着，身上穿的是油腻腻的蓝工作服，看起来神色自若，甚至有几分自得，也不因为我们的到来而改变。打了雷蒙的那人望着雷蒙没说话，另一个在吹芦苇，而且不停地重复三个音符，一边用眼角打量着我们。

在这段时间，只有烈阳与一片寂静，配着泉水的潺潺声和芦苇吹出的三个音符。雷蒙把手插入放手枪的口袋里，另一个人没有动静，但一直互相观望着。我注意到那个吹笛人的脚趾头长成扇形。雷蒙的眼睛一直盯着他的对手，一边问我："我把他干了？"我心想若是我反对，他可能愈发焦躁，保不准会开枪，就只对他说："他还没出声呢，现在就开枪，太不上道。"于是继续在炎炎烈日和一片静默下，听着水流声和笛声。雷蒙随即说："那我就来骂他，他一回嘴，我就开枪。"我说："对，但是如果他没拿出刀子，你就不能开枪。"雷蒙开始躁动起来，另一位还在吹笛，两个人都观察着雷蒙的每一个动作。我对雷蒙说："不行，你应该空手，一个一个对干，把你的枪给我。如果另一个人加入或是拿出刀子，我就开枪。"

雷蒙把枪给了我，太阳照在上面闪闪发光。我们一直都没动。周围的一切好像都凝住了。我们眼也不眨地彼此对望。在大海、砂石和太阳之间，一切就此停顿。连笛子和泉水声也停了。我这时还在想，开枪、不开枪的问题。但突然间，那两个阿拉伯人开始往后退，滚到岩石后面去了。雷蒙和我也就往回走。他看起来轻松许多，还谈到回家的公交车。

我陪他一直走到木板屋，在他爬木阶时，我待在第一个台阶前，就停下来了。脑袋还在太阳下嗡嗡作响。我实在提不起劲爬阶梯，回去还要面对那些女人。但是在劈头而下的刺目日头下，又热得难以承受，站着不动还是走开，都不是办法。过了一会儿，我才转身，开始往沙滩方向走去。

依旧是一片耀眼的红光。沙滩上，大海吞吐着层层细碎的波浪，仿佛急促又压抑的喘息。我慢慢地走向岩石，额头在烈阳下发胀。这扑天的热量抵着我，让我难以前行。每当我感觉那股庞大的热气迎面而来，就只能咬紧牙关，裤口袋里的双手也紧握起来。我得挺身用全部的力量去对抗太阳和它向我袭来的一种混沌的醉意。每一道从沙石、晒白的蚌壳或玻璃碎片中射出的阳光都锐利如箭，让我的下颚紧绷僵硬。就这样，我走了很久。

老远，我看到一堆暗色的岩石，四周因海上的阳光和尘埃形成一圈不可逼视的耀眼光晕。我于是想到岩石后面那清凉的泉水。我渴望找到那潺潺水声，渴望躲开太阳、费力的抵抗和女人的哭声。总之，我渴望找个阴凉处休憩，但等我走近，才看到雷蒙的那个对头又回来了。

他一个人，仰面躺着，脖子枕在双手上，只有面孔遮在岩石的阴影里，整个身子都晾在阳光下，他的工作服晒得直冒气。我有点吃惊，原以为这桩事已经过去，我想都没想就走到这儿来了。

他一看到我，就把身子微微挺起，手放到口袋里，我也直觉地握紧上衣口袋里雷蒙的手枪。随后，他又躺回去，但手并没有从口袋里抽出来。我离他还远，大概有十来米。有些瞬间，我似乎可以从他半眯的眼睛中感觉到他的目光，但更多时候，他的影像在我眼前着火的空气中舞动。海浪的声音比中午时更慵懒、更平缓。依旧是同样的烈阳、同样的强光，照在同样一片沙滩，一直延伸到此。两个钟头过去，日头好像没有动过，两个钟头过去，它像在这片如沸腾金属般的海洋上定了锚。地平线上，有一艘小汽船滑过，是我从眼角瞄到的一抹黑影猜到的。我的眼睛没有离开过那阿拉伯人。

我心想，只要我转身往回走，这事就结束了。但是整片燃烧着太阳的海滩在后面使劲推着我，于是我又朝泉水走了几步。那阿拉伯人没动。无论如何，他离我还很远。或许因为他脸上的阴影，让他看起来像在笑。过了一会儿，滚烫的太阳已经烧向我的两颊，我可以感觉到一滴滴汗水聚集在眉毛上。这太阳跟妈妈下葬那天一样，也像那天一样，最难受的是我的额头，所有血管都在皮肤下跳动。这无法承受的灼热，让我又往前迈了一步。我知道这很愚蠢，往前迈一步也甩不开太阳，但我还是向前走了一步。只走了一步。这一次，阿拉伯人没有起身，但是他抽出刀子，在阳光下向我亮了出来。阳光从钢刃上喷射而出，如同一把亮晃晃的长刀向我的额头刺来，同时积在我眉毛上的汗水突然淌下来，在眼皮上覆盖了一层温热厚重的帘幕。我的眼睛被这层咸咸的泪水蒙住了。只觉得太阳的铙钹敲打着我的额头，依稀中，从刀口喷出的那刺眼利刃还一直在我眼前晃动。那把燃烧的剑咬噬我的睫毛，在我灼痛的双眼中翻搅。就在这瞬间，天旋地转。大海吐出一股滚烫黏腻的风。一时间，天空似乎崩裂了，向大地喷洒着火苗。我整个人紧绷，手指僵硬地在枪上一收缩，扳机动了，我摸到枪托光滑的把手。就这样，在这一个迅猛、震耳欲聋的声响中，一切发生了。我摇头甩掉汗水和阳光。这才意识到，我毁掉了这日的安宁，这海滩难得的清静，我曾如此享受的清静，就此结束。于是，我又对着那躺着不动的躯体连开了四枪，子弹打入身体，看不出痕迹。这枪声，就像四响短促的叩门声，敲开了厄运之门。

第二部

第一章

　　我被捕之后，法院立刻对我进行了数次问讯，不过就是验明正身之类，很简短。第一次在警局，我的案件似乎没人感兴趣，八天后，预审法官却以非常好奇的眼光打量我。一开始，他只是问我的姓名、地址、职业、出生年月和地点，之后，他想知道我是否已经找了律师，我说没有，还问他，是否一定要找位律师。他奇怪我有此一问，我说，我觉得案情很单纯。他笑了，说："这是您的想法，但法律有规定，如果您自己不找，我们会指派一个。"

我觉得司法能照顾到这些细节，真是周到。我把这想法跟他说了，他也同意，还做了个结论：法律制定得很完善。

刚开始，我还没把这人当回事。他把我召进一间窗帘密闭的房间。办公桌上只有一盏灯，照亮一张座椅。他要我坐下，他自己则在暗处。我曾在书中读过类似的描述，这一切都像是一场戏。开始谈话之后，我端详这个人，他五官细致，凹陷的眼窝里有一双蓝眼睛。个子很高，留着一缕很长的灰白小胡子，头发很多，几乎全白，虽然不时有些紧张翘嘴的习惯动作，但看来通情达理。总之，是个让人有好感的人。离开时，我甚至向他伸出手，还好，我及时记起，我是个杀人犯。

第二天，一位律师到监狱看我，他个头小，胖胖的，相当年轻，头发梳得很服帖。虽然天气酷热（我卷起了衬衫的袖子），他却穿着一套深色西装，里面是折叠的硬领，打着一条黑白大条纹的奇怪领带。他把腋下夹着的一个公文包放在我床上，自我介绍了一番，并且说已经研究过我的案子，虽然案情有棘手之处，但只要我信任他，他有把握打赢官司。我向他道谢，接着他就说："我们就切入正题吧。"

他坐在我的床上，告诉我检方已经对我的私生活掌握了一些资料，他们知道我母亲最近在养老院中过世，于是去马安沟进行了调查。预审法官发现我母亲下葬的那天，我表现出一副"无动于衷"的样子。"您知道，"他接着说，"问您这些话让我有些尴尬，但这件事很重要。如果我无法辩驳这个质问，就会成为指控方有利的论证。"他要我帮他的忙，问我那天是否伤心。这个问题让我很诧异，如果要我向别人提出这样的问题，我会说不出口，但我还是回应了。我说，我已经没有习惯自我检讨，所以很难回答他的问题。毫无疑问，我很爱妈妈，但这也说明不了什么问题。所有正常人都曾或多或少希望所爱的人死去。说到这里，律师打断我，非常恼怒的样子。他要我答应，绝不在法庭上说这种话，对预审法官也不能说。但是，我向他解释，我有一种天性：身体的状态往往会干扰我的情绪。母亲下葬的那天，我非常疲倦，很想睡，以致我没有清楚意识到发生了什么事，但是我可以很确定的是，我希望妈妈没有死。我的律师还是很不高兴，对我说："这样不够！"

他想了一会儿，问我能不能说，那天我是很好地掌握了自己的情绪。我说："不行，因为这不是实情。"他以非常怪异的眼光看着我，好像我的话让他作恶。他几乎是带着恶意对我说，不管怎么样，养老院的院长和员工都会在庭上做证，"这会让我非常狼狈"。我指出，这些事与我的案子无关。他只回说，很显然，我从没跟司法打过交道。

他气呼呼地走了。我很想把他拉住，向他解释，我希望赢得他的好感，不是为了要他更卖力地为我辩护，而是我觉得，这是再自然不过的事，尤其我发现，我让他难堪，他误会我，因而生我的气。我原本想告诉他，我跟所有人一样，绝对跟所有人一样。但话说回来，这也于事无补，我也就懒得说了。

不久之后，我又被带到预审法官面前。当时是下午两点钟。这一回，他的办公室虽然挂着薄纱窗帘，但仍然很明亮。天气非常热。他请我坐下，而且很客气地告诉我，我的律师因为"另有要事"不能来，但我有权不回答他的问题，等律师来了再说。

我说，我自己可以回答。他按了桌上的一个按钮，一位年轻的书记官进来，几乎就在我的背后坐了下来。

我俩都端坐在椅子里，审讯开始了。他首先告诉我，我被描述为寡言、自闭，问我有何感想。我说："我从来没有什么话可说，所以就闭嘴。"就像第一天一样，他笑了，认为这是最好的理由，又说："其实，这也不重要。"他不说话，只是看着我，然后突然站起身来，很急促地对我说："我感兴趣的，是您！"我不太懂这话的意思，就没回应。他又说："您的举止里有些我不明白的东西，我相信您一定可以帮助我了解一下。"我说，事情其实很简单。他催促我把那一天的事再说一遍，我就把已经说过的事又说了一次：雷蒙、海滩、海水浴、打斗，之后又是海滩、泉水、太阳和五声枪响。我每说一句，他就应一声："是，是。"当我说到倒地不动的身体时，他很赞同地说："对。"一再重复同样的话，把我弄得精疲力尽。我感觉，这辈子都没说过那么多话。

静默了一阵子，他又站起来，对我说，他想帮我的忙，他对我有兴趣，如果上帝帮忙，他或许可以为我做点什么，但他还是有些问题要先了解。他直截了当地问我，爱不爱我母亲，我说："爱，跟所有人一样。"一直在规律打字的书记官像是敲错了键盘，因为他迟疑了，不得不回头重打。法官忽然又没头没脑地问我，那五发子弹是不是连续打的。我想了一下，明确地说，我是先开了一枪，过了几秒之后，又开了四枪。他就问："在第一枪和第二枪之间，为什么停顿？"我脑际又出现那火红的海滩，额头上又感到那灼热的阳光。但这次，我没有回答。在之后的静默之中，法官似乎焦躁不安，他坐了下来，乱搔头发，双肘支在办公桌上，身体朝我倾过来，用一种古怪的神情问道："为什么，为什么您要向一个已经躺在地上的人开枪？"这个问题，我也没法回答。他双手擦了擦前额，用激动得变了调的声音，重复他的质问："为什么？您一定要告诉我，为什么？"我仍然没说话。

猛然间，他站了起来，大步走到办公室的尽头，打开档案柜中一个抽屉，拿出一个银质十字架，一边摇晃着十字架，一边向我走过来。他的声音完全变了，几乎是颤抖地吼道："这一位，您认识他吗？"我说："认识，当然认识。"然后他急促而且充满激情地说，他是信仰上帝的人，他深信，没有任何人的罪是上帝不能饶恕的，但要获得饶恕，人必须先悔过，回复到婴儿状态，把心灵净空，好接纳一切。他整个身体都倾俯在桌子上，几乎就在我的头顶，一直摇晃着十字架。说实在话，我听不懂他的推理逻辑，一则因为太热，他的办公室里有几只大苍蝇停在我脸上，再者，因为他有点让我害怕。而且，我又觉得这事有点荒谬，因为，说到底，罪犯是我。但他还是说个不停。我大致的了解是，他认为我的供词里有一点不甚清楚，就是在开第二枪之前，我停顿了一会儿。其他部分，都没问题，就是这一点，他不能理解。

我正想告诉他，没必要在这一点上纠缠，这根本无关紧要。但他打断我的话，继续最后的劝导。他昂昂然站在我面前，一边问我是否相信上帝，我说不相信。他愤怒地坐了下来，对我说，这不可能，每个人都相信上帝，即使那些违逆上帝的人。这是他的信念，如果对这一点有了怀疑，他的人生就没有了意义。他大声问道："您愿意我的人生失去意义吗？"我认为，这不关我的事，也老实对他说了。他隔着桌子，把耶稣凑到我的眼前，发疯似的对我吼道："我，我是基督徒，我请求祂赦免你的罪。你怎么能不相信祂为了你受难？"我发现他原来对我称"您"，现在说"你"。不过，我也受够了，况且暑气愈来愈重，当我想摆脱一个说话我不爱听的人，我会习惯做出赞同的样子。出乎我意料的是，他竟然大受鼓舞，"看吧，看吧，"他说，"你还是相信祂的，你还是要向祂忏悔的，对吧？"我再度一口否定，他又跌回椅子里。

他看来疲惫不堪，好一阵子没说话，而打字机仍在继续敲打我们对话的最后几句。之后，他仔细地打量我，神情忧戚，喃喃说道："我从没见过像你这样冥顽不灵的人。来到我这里的罪犯面对着耶稣受难的十字架，都会痛哭流涕。"我本想说，因为他们是罪犯，随之想到，我自己跟他们一样，也是罪犯，而这一点，我自己不能接受。预审法官这时站了起来，似乎向我宣告，审讯结束了。又用同样疲惫的神情问我，对我自己的行为是否懊悔，我想了一下，说，与其说懊悔，不如说很厌烦。我觉得他没听懂我的话。但这一天，事情就进展至此。

后来，我又见了好几次预审法官，但每次都有律师陪同。问讯的范围，主要是就我上次发言内容的某些细节，说得更详尽些。有时，则是法官和律师讨论我的罪证。事实上，这些时候，他们从来不理会我。总之，审讯的调子渐渐变了。似乎，法官对我已经毫无兴趣，而且对我的案子已经有了定论。他再也没有跟我提上帝，也没有再像第一天那样激动。结果就是，我们的对话变得比较友善，就只是问几个问题，跟我的律师聊几句，审讯就结束了。我的案子，用律师自己的说法是，照着程序走。偶尔，在谈到比较一般性的问题时，他们会问我的想法，我开始呼吸顺畅。这期间，大家对我都很友善。一切都这样自然，有秩序而且进行得如此严谨，竟让我很可笑地以为我是"大家庭的一分子"了。在这十一个月的预审期结束后，我很惊讶，令我最感愉快的时刻就是当预审法官把我带回他办公室门口，一边拍着我的肩膀，一边和颜悦色地说："反基督先生，今天的功课就到此为止。"然后就把我交给了法警。

第二章

　　有些事我从来不乐意谈。在我进了监狱几天之后，就知道，我人生的这一段日子是我最想避而不谈的。

　　后来，我发现这种反感也没必要。其实，头几天，我并没有真正入狱：我还模模糊糊地期待有什么新事发生。是在玛丽第一次，也是唯一一次，来看我的时候，我才真正感觉坐牢了。从我接到她的信（在信中，她告诉我，因为我们不是夫妻关系，狱方不准她再来看我了）。从那天起，我才真正了解，这牢房就是我的家，我的人生就此停顿了。我被捕的那天，他们把我关进的那间牢房，里面还有几个其他犯人，大多是阿拉伯人，看我进来，他们对我微笑，随即就问我干了什么。我说，我杀了一个阿拉伯人，他们就都不说话了。没多久，天黑了。他们教我如何铺睡觉用的席子：把席子的一头卷起来就成了一个长枕头。一整晚，都有臭虫在我脸上爬。几天之后，我被关入一个与他人隔绝的牢房，睡在一块隔板上。有一只大小便用的小木桶和一个铁盒。监狱建在城市最高的地方。从一个小窗户，我可以看到海，那天我正紧抓着窗户的铁栏杆，把脸摊在阳光下，一名狱吏进来告诉我，有访客，我猜是玛丽，果然是她。

我跟着来人去会客处。沿着一个长廊，上了几阶再穿过另一个走道，这才进入一个开着大窗、很明亮的大厅。两个大铁栏杆横向将大厅分隔成三部分，在两个铁栏杆之间有一段八到十米长的空间，将访客和犯人隔离开来。我看到对面的玛丽，仍穿着她的条纹洋装，面庞晒得黑亮。我这一边，大约有十来个犯人，大部分是阿拉伯人。玛丽四周都是摩尔人，她夹在两个女访客之间：一个是位老太太，嘴唇抿得紧紧的，一身黑衣，另一位是个扎马尾的胖女人，讲话声音很大，手势很多。因为访客和犯人之间距离很远，不得不大声讲话。我走进会客室时，讲话的声音在大厅空荡的墙面回响，白日的阳光从玻璃窗中流泻而下，再从室内反射出来，让我一阵晕眩。我的牢房比较安静、阴暗，我需要几秒才能适应。后来，我在大白天的光线下，看清了每一张脸。我注意到有一个警卫坐在两个铁栏杆尽头。大部分阿拉伯囚犯和家人都是面对面蹲着。他们没有大吼，虽然周遭嘈杂，他们还是能小声交谈。低处的暗哑细语与头顶上的交谈声交错，像是一种低音的唱和。我在走向玛丽时，很快地观察到这一切。她已经紧贴着栏杆，努力地对我展露笑容。我觉得她很美，但是不晓得如何告诉她。

"你怎么样？"她大声问。

"不就这样。"

"你还好吗？不缺什么吧？"

"不缺，都有。"

然后，两人相对无言。玛丽一直保持微笑。那胖女人对着我旁边的人大喊，应该是她丈夫，一个高大、眼光坦率的金发男子。他们显然是接续已经谈了一阵子的话题。

"强妮不肯要他！"她拼命地叫喊。"嗯、嗯。"男人应道。"我跟她说，你出来的时候，可以去接他，但是她不要他。"

玛丽这边也在大声说，雷蒙要她代为问好。我说："谢谢。"但我的声音被旁边人的话盖过了。那人在问"他好不好"，他太太笑着说："他从来没有这么好过。"我左边的人，一个手长得很细致的年轻人，一直没说话。我注意到他对面坐的是那位小个儿的老太太，两个人只是深深对望。我没有时间多观察他们，因为玛丽这时大声叫我保持希望，我说："好。"同时我一直看着她，想隔着她的洋装，搂紧她的肩膀，我好想抚摸那细致的布料，我想不出来，除此之外还有什么可以指望的。这应该也是玛丽想说的，因为她一直笑着。我只看到她牙齿的光洁和笑起来细细的眼纹。她又大声说："等你出来，我们就结婚。"我说："是吗？"但这不过是为了找话说罢了，接着她急促而且一直很大声地说，是的，我一定会被无罪释放，然后我们又可以去游泳了。这时，另一个女人也在大吼，说她在法院的书记室里留了一个餐盒，还一一细数她在里面放了些什么，她要他检查一下，因为都是很贵的东西。我另一位邻居还是一直跟他的母亲遥遥相望，阿拉伯人的细语声仍在我们下面嗡嗡作响。屋外，太阳似乎在窗口上愈来愈膨胀起来。

我觉得有点不舒服，很想回去了，噪音让我很难受。但另一方面，我又想和玛丽多待一会儿。就这样，不知过了多久，玛丽一直在谈她的工作，而且保持笑容。嗡嗡声、吼叫声、对话声混成一片，唯一的安静角落，就是我旁边那位年轻人和那位老太太，两人一直默默相望。狱吏逐批把阿拉伯人带走。从第一个人被带走，大家就不出声了。那位小老太太往栏杆更靠近些，就在这时，一个狱吏向她的儿子做了个手势，儿子说："再见了，妈妈。"她把手从栏杆中伸出，做了一个缓慢、不舍的告别手势。

她走了，同时另一位男士，手里拿着帽子，走到她的位子。狱吏又带出一名囚犯。他们交谈热烈，但声音不大，因为这时整个房间都安静下来了。有人又把我右边的人带走了。他太太还是很大声地讲话，好像并没有发现已经没有大吼的必要："好好照顾自己，小心点。"然后就轮到我了。玛丽给我一个飞吻。走之前，我又回过头看她。她一动也不动，脸庞压在铁栏杆上，带着一贯勉强、僵硬的笑容。

不久之后，她给我写了封信。就是从这个时候，一些我始终不愿谈的事情开始了。不过，也无需言过其实，因为对我来说比其他人容易些。我被关的头几天，最让我难受的，是我还把自己当自由人。比如，我会很想到沙滩，躺在海面上：耳边还听到浪头冲击到我脚下的声音，想象我钻入水里的那种舒畅感，这就让我益发觉得牢房四壁的狭窄。这种情况持续了几个月，之后，我就只有囚犯的念头了。我等待每日到天井放风的时间和律师的来访。其他时间，我也安排得很好。我常常想，要是我被栽在一棵枯木的树干里过日子，唯一的工作就是仰望头顶天空的花朵，我也会慢慢习惯的。我可以等待群鸟飞过或云朵相遇，就像我在这里等待那位律师又系了什么奇怪的领带，就像，在另一个世界里，我会耐心地等待周六的到来，好紧紧把玛丽搂在怀里。不过，仔细一想，我并不是栽在一棵枯木里，还有比我更不幸的人，这其实是妈妈的想法，她经常反复地说，不管什么事，都会慢慢习惯的。

其实，我平常并不想那么多。起初的几个月最是痛苦，但咬咬牙，也就过去了。比如，我对女人的欲望让我很煎熬。这很正常，我是个年轻人。我并没有特别想玛丽，我想的是一个女人、很多女人，所有我曾认识的女人，所有我曾爱过她们的场景，想念得让我的牢房里充满了她们的面庞，也充斥着我的欲望。这让我心里不平衡，但从另一方面说，可以帮我打发时间。长期下来，我赢得典狱长的好感。他通常是在午餐时刻伴随送餐的小伙子来的，是他先跟我谈女人的。他说，这是其他犯人抱怨最多的事。我告诉他，我跟他们一样，而且我觉得这种待遇很不公平。"但是，"他说，"就是因为这个，你才被关进牢里的。""怎么，是为这个？""正是，就是自由，你的自由被剥夺。"我从来没想到这一点，却不得不同意他的看法："没错，否则怎么惩罚呢？""是啊。你是明白事理的，其他人就不懂。不过，他们最后会自己解决的。"说完，典狱长就走了。

香烟也是个问题。我一入牢，狱方就没收了我的皮带、鞋带、领带和口袋里所有的东西，尤其是香烟。进去之后，我要求归还，但狱方说，这些都是违禁品。开头几天特别难熬，我彻底被打趴了，痛苦地从床板上扳下些木块，放在嘴里嚼，恶心的感觉终日挥之不去。我不懂为什么要剥夺这件于旁人无害的东西。后来，我懂了，这也是惩罚的一种。但那时候，我已经习惯不抽烟，这对我也就不构成惩罚了。

除了这些麻烦，日子也不算太难过。其实，主要问题还是在于杀时间。一旦我开始懂得回忆过往，就一点也不觉得无聊了。有时我努力回想我的房间，于是想象，从房间的一头，来回走一趟，在心里默想所经之处有哪些东西，开始的时候，很快就想完了，但每一次重新做，想的时间就更长了。因为我记得每一件家具，也记得每一件家具中放些什么。每一件东西的所有细节，包括镶嵌装饰、裂痕或缺口，它们的颜色和纹理。我努力不让这份清单断线，要为它们做一个完整的编号。几个星期之后，我可以花上几个小时，来数我房间里存放的东西。就这样，我越努力回想，就越能想出更多原先不知道和已经遗忘的东西。这下我才明白，一个人哪怕在世上只活了一天，也可以毫无困难地在监狱里待上一百年。他会有足够的回忆使狱中的日子不无聊。这么说来，这倒是个好处。

还有睡眠问题。开始的时候，我晚上睡不好，白天也完全不能睡。渐渐地，夜晚睡得好些了，白天也能睡，甚至到最后几个月，我每天可以睡十六到十八小时，只剩下六个小时需要打发，包括三餐、如厕、回忆和那则捷克人的故事。

在我的床板和草褥之间，我发现一张旧报纸，几乎是贴在褥垫上的，颜色泛黄而且磨得透明了。上面刊载了一则社会新闻。文章的开头缺了，但故事应该是发生在捷克：一个捷克人离乡背井去外地发展，二十五年后，他带着太太和一个孩子衣锦还乡。他的母亲跟他的姊姊在家乡开了一家小旅馆。为了给母亲和姊姊一个惊喜，他把太太和孩子先安置在另一家旅舍，自己一人来到他母亲的旅馆。母亲没认出他来，把他请入。出于玩笑心理，他要了一个房间，而且故意露出钱财。当天夜晚，他母亲和姊姊为了谋他的财，就用榔头把他宰了，然后把尸体扔到河里。第二天早上，不知情的太太来了，表明那位房客的身份。那位母亲悔恨上吊，姊姊也投井自杀。[①] 我把这则故事读了几乎上千遍。一方面，这故事简直难以置信，但另一方面，也合情合理。无论如何，我觉得那位旅人也是咎由自取。有些事情，是开不得玩笑的。

就这样，睡眠、回忆、读社会新闻，在日和夜的交替中，时间也就过去了。我曾听说，人在监狱里很快会失去时间概念，但对我来说，这没有什么道理。我只是不能了解日子竟然可以同时很长，也可以很短。一天天地度过，觉得很长，但又是如此松散，以致这日和那日的界限也分不清了。它们失去了自己的名称。只有"昨天"或"明天"对我还有意义。

有一天，守卫告诉我，我已经入狱五个月。我

---

① 之后，加缪以此故事写成剧本《误会》，于1944年首演。

相信他的话，但并没有了解这话的意义。对我来说，只是同样的日子不断在我的牢房里接连涌现，做的也是同样的事情。这一天，守卫走了之后，我对着铁饭盒，端详我自己。即使我对着它笑，镜中的影像看起来还是很严肃。我把饭盒拿起来在面前摇晃了一阵，再对着它笑，但看到的影像仍是严肃悒郁的。白日将尽，这种时刻我不想说话。这是个没有名分的时刻。四周一片静寂，嘈杂的声音从狱中的每层楼中升起。我走到天窗底下，借着最后一道日光，再度凝视镜中的影像，它还是凝重的，其实此刻的我，本就是凝重的，这有什么奇怪？但几个月来，我第一次清楚听见我自己说话的声音，我听出来那声音已经在我耳边回荡了很久，这才发现，长久以来，我都在自言自语。我于是想起母亲下葬日，那位护士长说的话：左右为难，没有出路。没有人能想象监狱里的夜晚是什么样的。

第三章

感觉上一转眼间就从去年夏天到了今年夏天。我知道，天气一热起来，我的案子就会有新的变化。因为我的案子安排在刑事法庭最后一次开庭，而最后一次庭讯会在六月结束。法庭辩论已经开始了，外面是艳阳高照。我的律师向我保证，审讯两三天就会结束。"其实，"他又说，"开庭时间很急迫，因为你的案子不是这次开庭最重要的案件，紧接着还有一件弑父案呢。"

早上七点半，就有人来把我押上囚车送到法

院。两名警察把我关进一个小房间，里面一股湿潮气味。我们坐在门边等待，门后传来人声、叫唤声和搬动椅子的声音，一片闹哄哄，让我想到社区里节庆的气氛：在音乐会结束之后，大伙就把大厅的椅子靠边放，好腾出地方跳舞。警察告诉我，法官们要等一会儿才会到，其中一位还递了支烟给我，我拒绝了，不一会儿，他又问我"是否会紧张"，我说不会，甚至我还很有兴趣见识一下法庭判案。我这辈子还从没有机会看过。"也是，"另一位说，"但看到后来就会觉得很乏味。"

过了不久，一阵铃声在厅内响起，他们把我的手铐取下，把门打开，让我进入被告席。厅里挤得爆满。虽然拉下了帘子，但太阳还是能从缝隙中钻进来，空气非常沉闷，窗子也关着。我坐下来，一边一位警察。就在这个时候，我注意到有一排面孔，全都看着我：原来是陪审员，但我看不出他们之间有什么区别。我只有一个印象：我像是坐在电车的板凳上，所有那些陌生的乘客都在审视刚上车的人，想看笑话。我知道这是个愚蠢的想法，因为在这儿，他们要找的不是笑柄，而是罪行。然而，差别不大，反正我脑子里就是这么想的。

审判庭里人这么多，门窗又都紧闭着，让我有点昏沉沉的。我又看了看法庭，但一张面孔也不认得。我还没有意识到，所有这些人都是冲着我来的。平常，一般人对我这个人是没兴趣的，突然引起这么大的骚动，很是让我困惑。我跟一位警察说："人这么多！"他告诉我是因为上了报纸，还指给我看，在评审团座位下挤了一群人："就是他们。"我说："哦？"他又说了一次："是报纸。"这时他认识的一位记者朝我们走来。这个人已经有点年纪，模样和善，脸相有点古怪，像是在扮鬼脸。他很热情地与警察握了握手。我发现，这时候所有人都在互相介绍、打招呼、聊天，就像在一个俱乐部里，自家人聚在一起，不亦乐乎。我这才明白，为什么我觉得不自在，因为我不属于这个圈子，我是个外来的闯入者。然而，那位记者笑着对我说话了，他希望我一切顺利，我向他道谢。他又说："你知道，我们把你的案子稍稍夸张了一点，因为夏天是报纸的淡季，只有你这件案子，还有一件弑父案还有点看头。"他接着指给我看，在刚离开的那群人中，有一个小矮子，长得像只肥肥的鼬鼠，戴着一副巨大的黑边眼镜。他告诉我，那是一家巴黎报纸的特派记者："他倒不是专程为你来的。他是负责报道弑父案的审判，报馆就要他顺便把你的案子也发电回去。"说到这里，我差点又要向他道谢，但想想这未免太荒谬了。他对我做了个友好的手势，就相互道别了。我们又等了好几分钟。

我的律师来了，穿着律师袍，周围还围着一群同行。他走过去跟记者们握手，大伙儿有说有笑，十分自在，直到法庭的铃声响起，才各就各位。律师也过来跟我握了手，建议我对庭上的问题都简单作答，不要主动说话，至于其他的事，一概交给他就是了。

在我左首，听到有人把一张椅子往后挪，这才看到一位高高瘦瘦的男士，穿着红袍，戴着夹鼻眼镜，小心翼翼地撩起袍子，坐了下来。这是检察官。一位庭丁宣布法官入席。这时，两架庞大的风扇开始嗡嗡地响起来。三位法官：两人穿黑袍，另一位穿红袍，都带着卷宗，快步走向法庭中心的讲台。穿红袍的那位在中间的椅子坐下，把他的法官高帽放在前面，用手帕擦了擦他那小小的秃脑袋，就宣布开庭。

记者一个个手拿着笔，都是一副漠然还带点玩世不恭的样子，其中有一位年轻很多，穿着灰色法兰绒，打蓝色领带。他放下手中的笔，盯着我看。在他那张不太匀称的脸上，只看到他的两只眼睛，非常清澈。他正在非常仔细地审视我，但没有任何清楚的表情。这使我有种很奇怪的感觉，好像是被我自己凝视。也许是这个缘故，加上我不太清楚法庭的规矩，所以对于之后的发展，我都没太搞懂。诸如，陪审员们抽签，庭长对律师、检察官和陪审团提出问题（每提一个问题，陪审员的头就一齐向法官那边转过去）以及把起诉书迅速念了一遍（我听出其中的一些地名、人名），之后，庭长又对我的律师提出了一些新的问题。

庭长接着说要开始传唤证人了。庭丁念出来的名字引起我的注意。在刚才那面目模糊的一群人中，看见养老院的院长和门房、老托马·佩雷、雷蒙、马颂、萨拉曼诺和玛丽。他们一个个陆续站起来，随即从一个边门消失。玛丽对我做了一个忧心的手势，我奇怪怎么之前没有认出他们。这时候唤了最后一个名字，是赛来斯特。他站起身来。我认出他旁边是曾在餐厅遇到的那位穿短外套、动作果断的女子。她一个劲地盯着我。但我还没来得及仔细想，就听到庭长发言了。他宣布真正的辩论即将开始，而且不需要他特别提醒，旁听席应保持安静。他表示，他的任务就是使辩论过程公正，以客观立场审理这个案子，评审团会以符合正义的精神做出判决。无论如何，旁听席若发生任何事端，他有权实时清场。

天气愈来愈热，我看到大厅里很多人开始拿报纸当扇子扇，一阵阵纸张揉折的声音。庭长做了个手势，庭丁就奉上三把蒲叶扇子，三名法官也立刻扇将起来。

我的案子马上就开始审讯了。庭长以很平和，甚至带着一丝友善的语气讯问我，再次要我自报身份，虽然我觉得麻烦，但想想这也属正常，若是审错了人，后果就严重了。随后庭长又把我讲的事重新叙述了一遍。每三个句子就回头对我说一次："是这样的吧？"每一次，我都依照律师的指示，回答："是的，庭长。"这个过程很长，因为庭长在他的叙述中增加了很多细节。这段时间，记者个个都在埋头记录。我能感觉到其中最年轻那一位和那个动作像机器人的女子一直在审视我。那一排陪审员，就跟电车板凳上的乘客一样，目光随着庭长转。庭长这时咳嗽了一声，翻了翻档案，一边摇着扇子，一边转身面向我。

他说，他现在必须要谈一个表面上看起来跟我这件案子不相干，其实大有关系的问题。我知道，他又要提妈妈的事，真觉得无聊透了。他问我，为什么把妈妈送进养老院，我说，因为我没有钱奉养她，也没办法找人照顾她。他又问，这是否让我难受，我会说，妈妈和我对彼此都没有要求，也不指望其他任何人，我们都已经习惯过各自的新生活。庭长说，他不想再强调这一点，于是就问检察官是否还有其他问题。

检察官侧对着我，看也没看我一眼就说，如果庭上允许，他想知道，我回到泉水去，是不是蓄意要去杀那个阿拉伯人。我说："不是。""那么，为什么带着枪，为什么又正好回到那个地点？"我说，这完全是巧合。检察官用不太友善的语调说：
"暂时就到此为止吧。"之后的事都模模糊糊，我有
点搞不清了。法官们低声交换意见之后，庭长就宣
布，庭讯暂告一段落，证人的问讯延至下午举行。

我也没时间多想，就被押着进了一辆囚车，回
到牢房，吃了饭。过了没一会儿，我正开始觉得有
点倦了，押解员就来找我，一切又重新开始。我又
回到同样的法庭，面对同样一排面孔，只是天气更
加燠热难当。不可思议的是，所有陪审员、检察
官、我的律师和一些记者手里都多了一把蒲叶扇。
那位年轻记者和那位一板一眼的女人也都在，但他
们没有摇扇子，只是盯着我，不发一语。

我擦干满脸的汗水，一时间似乎丧失了自我意
识，也不知身处何地，直到我听到养老院院长的声
音，才回过神来。庭上问他，妈妈是否曾向他抱怨
过我。他说，有的，但又说，抱怨亲人几乎是养老
院住户的通病。庭长要他说得更具体些：她曾否责
备我把她送入养老院。院长说，有的。但这次他没
多说什么。回答另一个问题时，他说，母亲下葬那
天，我的镇静让他有点惊讶。庭上要他说清楚所谓

的镇静是什么意思。院长眼睛望着鞋尖，说，我不愿意看妈妈的遗体，没有掉过一滴眼泪，而且，葬礼一结束就匆匆走了，没有上坟致哀。还有一件事也让他吃惊：一位殡仪馆的人告诉他，我竟然不知道妈妈的年龄。一阵静默之后，庭长问他是否确定他说的那个人确实是我。院长好像没听懂问题，回答说："这是法律规定。"之后，庭长问检察官是否要证人回答其他问题。检察官大声说道："哦！不必，这足够了。"声调如此高昂，看我的眼光如此盛气凌人，让我这么多年来第一次有一种愚蠢的、想哭的冲动，因为我这才真切感觉到，这些人有多么憎恶我。

庭长再次确定陪审团和我的律师没有其他问题之后，就找门房来做证，和其他人都是同一套程序。门房进法庭的时候看了我一眼，就把眼光转到别处。他一一回答了庭上的问题。他说，我不想再看母亲，我抽了烟，睡了觉，还喝了杯牛奶咖啡。这时我清楚感觉他的话使在场的人鼓噪了起来。我第一次明白我犯了罪。庭上又要门房重复喝咖啡和抽烟的事。检察官以嘲讽的眼光看了我一眼。这时候，我的律师问门房有没有跟我一起抽烟，但检察官站起来强烈抗议："这里到底哪一个是犯人？这种伎俩是要抹黑证人，减低证据的力量，但这些铁证是力不可挡的！"可是，庭长还是要门房回答这个问题。这老人似乎有些不好意思："我知道我不对，但我不敢拒绝先生给我的烟。"最后，庭上问我还有没有要补充的，我说："没有。唯一要说的是，证人说的没错，烟是我请他抽的。"门房以一种讶异和感激的眼光看我，他犹豫了一下，补充说，是他给了我一杯牛奶咖啡。我的律师神气起来，大声道："陪审团会很重视这个证词的。"可是检察官却在我们头上大发雷霆。他说："是的，陪审们会重视的，但他们最后的结论会是：一个陌生人可以提供牛奶咖啡，但身为人子在赋予他生命的母亲遗体面前，却应该拒绝。"门房又回到他的座位上去。

接着轮到佩雷。他需要一个庭丁扶着走上证人席。佩雷说，他认识的是妈妈，只见过我一面，就是在葬礼上。于是庭上问他，那一天我做了什么，他说："你们一定能了解的。那天我太伤心，所以什么都没看到，我悲痛得看不到。因为这对我是太大的打击，我甚至昏了过去，所以，我没有注意到这位先生。"检察官追问，是否看到我落泪，佩雷说没有。检察官于是表示："陪审团会列入考量的。"但我的律师发火了。他问佩雷，那声调我听来觉得有些过分："那你是否看到他没掉眼泪？"佩雷也回答："没有。"观众都笑了。我的律师把一只袖子卷起来，用斩钉截铁的语气说："这就完全反映了这件诉讼案的问题：一切都是，也都不是！"检察官绷着脸，用铅笔在卷宗的标题上敲了一下。

之后，有五分钟的暂停。我的律师告诉我，一切都很顺利。接着，我听到传唤辩方证人赛来斯特。辩方，就是我。他不时朝我这边望，手里不住转着一顶巴拿马帽。他穿着新衣，是偶尔周日跟我去看赛马才穿的，但没有戴假领子，只用一颗铜扣子系住衬衫。庭上问他，我是否是他的顾客，他说："是顾客，也是朋友。"又问他对我的看法，他说我是个汉子。问：这话是什么意思。他说，每个人都知道这是什么意思。又被问，有没有觉得我有自闭倾向，他说，我不会没话找话说。检察官问他，我有没有按时缴房租。他笑着说："这是我们俩之间的事。"又问他对我犯的罪有什么看法，他于是把两手放在证人台上，可以感觉他是有备而来，说道："对我来说，这是件不幸。不幸，大家都知道是怎么回事。它来时，人是挡不住的，对我来说，这就是件不幸。"他还要继续，但庭上说可以了，向他道了谢。赛来斯特看来有些语塞。他表示还有话要说，法庭要他说简短些，他又说，这是件不幸。庭长说："是的，这点大家知道了。法庭就是在审判这类的不幸。谢谢你。"他已经竭尽所能和心意。随即他转身对着我，我似乎看到他双眼闪着光，嘴唇颤抖，好像在问我还能做些什么，而我，什么也没说，也没做任何手势，但这是我这辈子第一次想拥抱一个人。庭长再次命他离开证人席。赛来斯特回到他的座位，在之后的庭讯中，他就一直坐在那儿，身子微微往前倾，双肘支撑在膝盖上，手里还拿着巴拿马帽，很专注地听各人的发言。玛丽这时进来了，她戴了顶帽子，美丽依旧，但我比较喜欢她披散头发的样子。从我在的地方，我可以想象她轻盈的乳房，还看到我熟悉的她有点嘟的下唇。她看起来很紧张。庭上随即问她认识我多久了。她提到有一段时期曾在我们公司工作。庭长想知道她跟我的关系，她说是我的女朋友。在回答另一个问题时，她说，她是打算跟我结婚的。检察官翻了一下卷宗，突然问道，我们的关系是从什么时候开始的。她说了日期，检察官用不经意的样子说，那好像就是我母亲过世后的第二天。然后他语带嘲讽地说，他并不想在这个尴尬的问题上做文章，也理解玛丽的顾忌，但是（说到这里，他的语气严厉起来），他的职责要求他不受情理的束缚，所以他要求玛丽简单叙述一下我们认识那天的经过。玛丽不愿意说，但面对检察官的穷追不舍，她只得说了：我们去海滩游泳，看电影，然后回到我的住处。检察官说，根据玛丽在预审的证词，他已经核对了那天放映的电影片名。他还要让玛丽自己说那天看的是什么片子。玛丽以压抑的声音说，是一部费南代尔的片子。此话一出，全场顿时鸦雀无声。检察官于是站起身来，用一种非常庄严、着实让我感动的声音发言。他手指着我，一个字、一个字非常清楚地发每一个音："诸位陪审先生，这个人，在他母亲过世的第二天去海滩戏水，与女人发生不正当关系，然后看喜剧片作乐。我没有什么可说的了。"他坐了下来，法庭依旧一片静默。突然间，玛丽崩溃，哭了起来。她说，事情不是这样的，这绝不是事实的全貌，检察官诱使她说出完全违反她原意的话。她很了解我，我从来没做过什么坏事。然而，在庭长示意之下，她被庭丁带了出去，审判继续进行。

之后，马颂的证词几乎没人听。他说，我是个正人君子，"他甚至还要说，我是一个好汉。"也几乎没有人听萨拉曼诺，他说，我对他的狗很好。在谈到我和母亲的问题时，他说，我跟母亲已经没有什么话说，所以才把她送入养老院。老萨说："大家要体谅，要体谅。"但似乎没有人体谅。他也被带走了。

然后就轮到雷蒙，他是最后一位证人。他对我做了个手势，而且立刻就说，我是无辜的，但是庭长宣称，没人问他的评断，只问事实，要他回答问题就行了。庭上先问他与死者的关系，雷蒙趁此机会说明，因为他打了死者的妹妹，所以死者对他怀恨在心。庭上于是问，死者是否也有理由恨我。雷蒙说，我出现在沙滩上，纯属巧合。检察官问，为什么引发事端的那封信是出自我之手，雷蒙说，那也是巧合，检察官反讽道：巧合在这件案子里显然是罪恶昭彰了。他想知道，在雷蒙打情妇巴掌时，我没有插手，是不是巧合，我到警察局做证人，是否巧合，我那段完全是包庇的证词也是出于巧合？最后，他问雷蒙何以维生，雷蒙回答："仓库管理员。"检察官转向陪审团说，众所周知，这个人是靠拉皮条维生的。我是他的朋友，也是共犯。这是件最卑鄙、最下流的惨案，因为出自一个道德妖魔，案情就更严重。雷蒙想辩解，我的律师也大声抗议。但庭上要求检察官把话说完。检察官问雷蒙："我要补充的不多，只问你，他是你的朋友吗？"雷蒙回答："是的，他是我好哥们儿。"然后，他也问了我同样的问题。我看了看雷蒙，他的眼睛直视着我。我回答："是的。"检察官于是转问陪审团，宣称："就是这个人，在他母亲过世的第二天就从事最荒淫无耻的勾当。就是他，为了微不足道的理由，为了了断一件伤风败俗的事而杀人。"

然后，他坐了下来，我的律师已经忍耐到了极限，他高举双臂，法衣的袖子因而往下滑，露出浆过的有褶衬衫，大吼："他被控到底是因为葬了他母亲，还是因为杀人？"观众都笑了。检察官又站了起来，披好他的袍子，宣称，这位尊贵的辩护人怕是天真得过头了，才会察觉不到这两件事之间深刻、可悲，而且是很基本的关联。"是的，"他用力地大声喊道，"我控诉这个人以罪犯的心，埋葬他的母亲。"这席话似乎对观众产生了巨大的震撼。我的律师耸了耸肩，把额头的汗擦了擦，连他看起来也动摇了。我知道，事情的发展对我很不利。

庭讯结束了。在离开法院坐上囚车那一瞬间，我辨认出夏天夜晚的味道和色彩。在我漆黑的囚车里，在疲惫不堪之际，我重温这个我喜爱的城市中各种熟悉的声音，它们都曾在某个时刻让我觉得快乐：在轻松气氛中，叫卖报纸的声音、广场上最后一批鸟群飞起、三明治小贩的吆喝，在地势高的转弯处，有轨电车的鸣叫，还有在夜幕降临之前，港口天空中的喧闹。所有这些，为我重组了一个脑中的路线，是我在入狱之前非常熟悉的。是的，那是很久以前，我的快乐时光。那时等着我的，总是一个浅浅的睡眠，连梦都没有。而现在，一切都不同了，因为，等待我的明天，仍是我的囚牢。那些在夏日天空中画出的熟悉路线，可以到达安心的睡眠，也可以通向监狱。

第四章

即使在被告席上，听到别人议论自己也是有趣的。在检察官和律师进行的攻防中，大家很热烈地讨论我，对我这个人的兴趣大于我犯的罪。其实每次的辩论，有很大的不同吗？通常就是律师高举双手认罪，但是可以酌量减刑，而检察官则伸出手指，控诉罪行，且没有减刑的余地。只是有件事让我隐隐有些不自在，即使我心事重重，仍不时有插嘴的冲动。律师总是对我说："少说话，对你的案子没好处。"这似乎意味着把我排除在外。一切都在我不参与的情况下进行，决定我的命运并不需要听我的意见。有些时候，我真想打断所有人，大声说："这里究竟谁是被告？被指控是件严重的事，我有话要说。"但考虑之后，我什么也没说。何况，我发现一般人对别人的兴趣是维持不了多久的。比如，检察官的证词很快就让我厌倦了。只有某些与整体无关的片段、手势或大段论述会触动我，或引起我的注意。

如果我的了解没错，他最根本的想法，就是认为我是蓄意谋杀。至少，他就是要证明这一点。诚如他自己说的："诸位，我会证明这一点，而且会从两方面来证实。首先是明确的事实，其次是比较隐晦的，由这名罪犯灵魂的心理层次找到的证据。"他从母亲的死，就总结了事实。又提起我的"无动于衷"，还有对母亲年龄的无知、第二天的海滩戏水、女伴、电影、费南代尔，最后还把玛丽带回家。我花了点工夫才明白他的话，因为当时他说的是"他的情妇"，而对我来说，她是玛丽。之后，就谈到雷蒙的事。我觉得他看事情的方式不失清晰，说的话也合情合理：我跟雷蒙合写了那封信，才把他的情妇引诱来，才使她遭受一个"品性不端"的人虐待。我在沙滩上向雷蒙的对手挑衅，雷蒙受了伤，于是我向他要了手枪，自己又回到海滩，开了枪。我是按照计划把阿拉伯人打死的，而且，还等了一会儿，"为了确定事情干成了"。之后又从容不迫地开了四枪，很精准地，的确像是事先都设想好的。

"诸位，"检察官说，"我把整个事件的经过向各位做了报告。这过程证明这个人是在充分了解事情后果的状况下杀了人。我特别要强调这一点，因为这不是一个普通的杀人事件、一个临时起意的行为，让各位以为有酌量减刑的条件。这个人，诸位，这个人很聪明。你们都听到他讲的话了，是吧？他知道怎么反应，他懂得言辞的力量。所以，我们不能说，他不知道自己在干什么。"

而我，我听着。听见他们认为我很聪明。我搞不懂的是，为什么对普通人是个优点，对一个犯人，就成了罪大恶极的指控？至少，这点让我错愕。我无心再听检察官的说辞，直到我听到他说："诸位，他曾表达过遗憾吗？从来没有。在预审庭上，这个人从没有对他犯下的滔天罪行，表现过一丝懊悔。"说着就转过身，用手指着我，不断以最恶毒的话责骂我，让我有些莫名其妙。当然，我也不得不承认他说的没错。我对自己的行为没有悔意，但他如此锲而不舍，着实令我不解。其实我很想诚恳，甚至友善地向他说明，我这辈子从未对任何事有过真正的遗憾。我一向只关心将要发生的，今天或者明天的事。当然了，在我目前的处境，我不能用这种口吻对任何人说话，我没有权利表达好感，表示善意。我继续认真听，因为检察官又开始议论我的灵魂。

他表示已经俯身检视了我的灵魂："诸位评审，里面什么都没有。"他又说，其实我根本没有灵魂，也没有任何具人性的东西。所有人类心目中的道德原则，没有一项是我能了解的。"当然，"他接着说，"我们也不能责怪他。他无法得到的，我们不能责怪他没有。可是在我们这个法庭上，应该把宽恕这种消极的美德转化为一种更不容易，但更崇高的情怀，就是正义。尤其是当一颗空洞的心——像我们在这个人身上看到的——变成一个深渊，整个社会都会沉沦其中。"然后就开始数落我对母亲的态度，又重复之前在辩论庭上说的那一套，只是在细数我的罪状时，说得更为冗长，长到，那天上午，我什么感觉都没有，只觉燠热难当。直到检察官突然停顿下来，一阵静默之后，才重新以一种非常低沉、非常坚定不移的声音说道："诸位，这个法庭明天要审判一件令人发指的罪行：杀父之罪。"他声称，这样凶残的暴行令人难以想象。他深切期盼，人类的正义会毫不手软地加以惩罚。但是，他也敢大胆地说，这弒父之罪与我的冷漠态度相比，他觉得我的冷漠更可怕。因为，一个在精神上杀害母亲的人就跟弒父凶手一样，都应该从人类社会中铲除。因为，前者是为弒父行为做准备，可以说是弒父行为的先声，而且让这种行为合理化。"诸位，我确信，"他提高了声量继续，"如果我说坐在被告席上的这个人和明天法庭要审判的人一样，也犯了杀人罪，应该受到相应程度的惩罚，你们应该不会认为我的想法太过分。"说到这里，检察官擦了擦满脸油亮的汗珠，又说，虽然他的任务很痛苦，但是他会坚忍地完成。他宣称，我否定这个社会最根本的规范，跟这个社会完全脱节，我不了解人心最基本的反应，也就不能唤起它对我的同情。"我要求拿下这个人的脑袋。"他说，"提出这个要求，我心安理得，因为在我漫长的法律生涯中，我也曾请求过极刑，但从没有像今天这样，觉得这个任务是合理、公平，是受到不可推卸的、神圣的良心所驱使和面对那张人面兽心的恐惧。"

检察长落座之后，有很长一阵静默。我在酷热和错愕之下，头脑昏沉。庭长咳了几声，以非常低沉的语调问我是否有所补充。我站起身，想发言，就随口说道，我并没有蓄意要杀那个阿拉伯人。庭长说，这一点已经确定了，还说，他一直都不清楚我的辩护策略。如果在律师发言之前，我能把我的行为动机说得明确一些，会有帮助。我很快地说了，有点颠三倒四，自己也觉得很可笑。我说，那是因为太阳。庭上爆出笑声，我的律师耸了耸肩。之后，庭长就请律师发言。他说时间已晚，而他发言需要好几个小时，他要求下午再开庭，法庭同意请求。

下午，巨大的风扇仍然扇着沉闷的空气。评审们各种颜色的小扇子也朝着同一个方向摇摆。我那位律师的辩词简直没完没了。忽然有一瞬间，我竖起了耳朵，因为我听到他说："没错，我杀了人。"之后，他一直用这种口吻说话。在提到我的时候，都用第一人称。我大惑不解，将身子靠近一位法警，问他这是个什么道理，他叫我别出声，过了一会儿，他才说："所有律师都是这么说的。"对我来说，这又是要把我排除在事件之外，把我的作用减到零。从某种意义上说，就是要取代我。我知道，我已经离这个听证法庭很遥远了。其实，在我看来，我那位律师很可笑。他先简短地为我的挑衅罪进行辩护，然后他也开始谈起我的灵魂，但我觉得他的口才比检察官逊色多了。他说："我也一样，我也俯视了这个灵魂，但与我们尊贵检察署的代表不同的是，我在里面看到了东西，我毫不费力，就把它看了个透彻。"他看到的是：我是个正直的人，一个认真、勤奋的员工，对公司很忠诚，受众人喜爱，对他人的苦难有同情心。依他看来，我是个模范儿子，在自己能力范围内，扶养母亲。其实，我是指望养老院能给这位老太太我自己能力所无法负荷的优渥生活。"我很惊讶，大家拿养老院这件事做文章。毕竟，这类机构是由政府补助经营的，其用途和理想毋庸置疑。"但是他没有谈到葬礼。我觉得他的辩护词里少了这一部分。用这些冗长的句子，日日夜夜不停地谈论着我的灵魂，让我感觉这一切就像一潭无色的水，我在水里头晕目眩。

最后，我只记得，就在律师慷慨陈词时，一个卖冰淇淋小贩的喇叭声穿过马路、整个大厅和法庭，一直传到我的耳里。我脑中萦绕着各种生活回忆，一个不再属于我的生活，我却曾在其中找到最简单也最深刻的喜悦：夏日的气味、我爱的社区、某些夜晚的天空、玛丽的笑声和洋装。所有我做的无用之事此刻都涌上来，让我喉头哽塞。我只有一个急切的念头，赶快做个了结，让我回牢房睡觉。恍惚中，我听到律师最后作结时大声吼着：评审们不会因一个老实的员工一时误入歧途，就判他死刑的。他请求酌情减刑。这个罪行会使我终身悔恨，这就是对我最严酷的惩罚。法庭宣布暂停，律师回座，似乎精疲力尽。他的同胞们纷纷前来与他握手。我听到他们说："太精彩了，老兄。"其中一位甚至要我当见证，对我说："是吧？"我表示同意，但我的恭维言不由衷，因为我实在累坏了。

此时，外面天色已晚，法庭中热气也散了些。我听到马路上的一些声音，从声音就可以想象傍晚的舒适宜人。大家都在守候，而所有人等待的，其实只是我一个人的事。我又往大厅里看了一眼，一切都跟第一天的情况一样。我的眼光又触到那位穿灰色西装的记者和那个动作如机器人般的女人。我这才想到，在整个审讯过程中，我从没有搜寻玛丽的眼光，我并没有忘记她，只是我要注意的事太多。我看见她在赛来斯特和雷蒙之间。她对我做了个手势，好像是说："总算结束了。"我看到她焦虑的脸挤出笑容，但我的心已经封闭，甚至没办法回报她的微笑。

法官回座，继续开庭。法官们快速地向评审团提出一连串问题。我听到"犯了谋杀罪""有预谋""酌情减刑"。评审们离席，我又被带回我已经待了很久的小房间。我的律师来找我。他滔滔不绝，而且讲话从不曾如此自信，态度从不曾如此和善。他认为一切都很顺利，我可能坐几年牢或服几年劳役后就没事了。我问他：若是判决对我不利，有没有可能上诉最高法庭。他说，不可能。他的策略就是不要下结论，方便陪审团做判决。他向我解释，陪审团不会无缘无故就把判决撤销。我也觉得有道理，很认同他的推论。如果不带情绪地看待这件事，这完全合乎常理，否则要耗费多少状纸啊。"无论如何，"律师说，"还有个最高法院呢。不过，我确信，结果会对我们有利。"

我们等了很久，大概有三刻钟。一阵铃声响了，我的律师走开之前告诉我："陪审长要宣布判决了。宣告完之后，才会叫你进去。"门一扇扇关了起来，很多人在我不知是远是近的台阶上跑来跑去，随即我就听到法庭中一个低沉的声音在宣读什么。待铃声再度响起，被告席的门打开，法庭中一阵静默冲我而来。静默，还有我发现那位年轻记者把眼光转开时的奇怪感觉。我没有朝玛丽那边看，还没来得及，因为就在那时庭长以一种很拗口的语言说，以法国人民之名，判我在一个公共广场被斩首示众。这下我才明白我在所有面庞上读出的感情，我相信是一种尊重，法警对我特别温和，律师把手放在我的手腕上。我什么念头都没有了。庭上又问我有没有要补充的。我想了想，说："没有。"于是我就被带走了。

第五章

　　我又拒绝了监狱神父的探望，这已经是第三次了。我没有话跟他说，而且根本没有讲话的意愿。何况，过不了多久，我终究会见到他的。眼前我最关心的，是如何躲过这个司法机制，这不可避免的事能否有个出路。我被换到另一个囚房，在这间新牢房里，只要躺下就可以看见天空，而且只看到天空。于是我尽日仰望着天空的面庞，望着它色彩的变化，从白昼到黑夜。躺着，脖子枕在双手上，等待。我心中不断在琢磨，有没有死刑犯曾逃过这牢不可破的机制，在行刑之前消失，冲破法警的警戒线。我只怪自己以前对有关死刑犯的记载从没留意，其实这类问题是人人都该关心的。谁都不知道未来会发生什么事。我就像所有人一样，在报纸上看过相关报道，但一定还有些专门的著作，可惜我从没有好奇心去读。从那类作品里，也许可以找到脱身之术。我会学到至少一种情况，就是砍头机的轮盘忽然不灵了。在这无可抗阻的既定安排之下，偶然与机遇，就这么一次，改变了后果。就一次！对我就足够了。我的心脏足够强壮。报纸上常说，犯人对社会有所亏欠，他们认为犯人必须补偿。这点不需要想象力。重要的是，一种逃脱的可能，跳出这无情的法网，一种疯狂飞奔带来的所有希望。当然了，这希望，可能终究在街角被打趴，或在飞奔之际，被一颗子弹穿堂而过。经过这一番思考，我实在没有乐观的理由。一切都不允许我心存奢望，司法机制又把我拉回现实。

尽管我努力去理解，仍然不能接受这种蛮不讲理的绝对机制。因为判决的理由和判决宣布之后，执行过程的坚决是荒谬得不成比例。判决书的宣读定在晚上八点而不是五点，结果就可能完全不同，判决不过是由些换了袍服的人决定的，还扯上概念模糊的"法国人民"（也可以是德国或者中国）。在我看来，以上种种做法都把这个决定的严谨程度大打折扣。然而，我不得不承认，一旦做出决定，它的效应就如我的身子紧紧压着这堵墙一般，坚实，而且不容置疑。

我想起妈妈曾经跟我讲过父亲的一次经历。我没见过父亲，所有我对他的认识都来自母亲的叙述。他曾去看过一个杀人犯的死刑现场。这件事想到都令人倒胃，但他还是去了，回来之后，他几乎吐了一个上午。那时听到父亲的故事令我反感。但是现在我懂了，这是再自然不过的事。那时我怎么就没想到，没有比执行死刑更重要的事了，甚至可以说，这是唯一真正值得关注的事！要是能让我从牢里出去，我会去看所有的死刑。当然，以为有这种可能，是我的妄想。想到在一个清晨，我恢复了自由身，站在整排法警的后面，也就是说，在另一边，想到一个来看行刑的观众，而且可能看了之后会作呕，一股恶毒的喜悦涌上我心头。但这太不切实际了，放纵这类想象没有好处，因为，转瞬间我全身发寒，在毛毯里蜷成一团，禁不住牙齿咯咯作响。

　　然而，人不可能永远理智清明。以前我还曾草拟过法律条文，想改革刑罚制度呢。我认为，最重要的是，给罪犯一个机会，千分之一的机会也好。如此，我设想去研发一种化学合成物，病人（我想的是：病人）吞了这帖药，十次中有九次会送命，他自己也充分了解，这就是条件。经过缜密思考、细心审度，我认为铡刀最大的缺陷，就是没有出错的可能，绝对没有。总之，只此一次，病人之死就已裁决，是一个签结的案子、确定的办法、谈妥的协定，没有翻案的可能了。万一鬼使神差，头没砍下来，就得重新来过。如此一来，最糟的是，受刑人只能盼望杀人机器运作正常，不要发生故障。我要说，这是个缺陷。大致来说，这种想法是对的，但从另一个角度，我也不能不承认，这正是这个运作顺畅的奥妙所在。如此受刑人必须在心理上合作，因为，一切进行顺利，对他才是有利的。

　　我也必须指出，以前我对这些问题的想法是错误的。我一直相信——我也不知道为什么——要走到铡刀之下，先要一阶一阶爬上一个断头台。我想这应该是从1789年法国大革命得来的印象。我是说，所有对这类问题的知识，我学过或看过的，都是从此而来的。但有一天早晨，我想起一张轰动一时的死刑执行现场照片。其实，那机器是直接放在地上的，再简单不过了，比我想象的窄了许多，奇怪我竟然没有早点想到。这张照片上的机器制作精良、考究而且亮闪闪的，给我深刻印象。人对自己不了解的东西总是会有夸大的想象，现在发现一切都很简单：杀人机器与走向它的人是在同一高度，走向它就像走向前去会一个朋友一样。这样也有缺点，因为爬上断头台，是向着天空往上走，人还可以有所幻想。而实际情况是，法律机器碾碎了一切：一个人无声无息就被斩了，带着一点愧疚但高度精准。

　　还有两件事一直萦绕我脑际的是，黎明行刑和上诉。但我用理智控制自己不要再去想它。我躺平了，看着天空，努力专注观望天空。它变成青绿色，夜晚降临了。我努力去扭转思路，静听自己的心跳，我不能想象一直陪伴我的这个声音有一日会停顿。我从来缺乏想象力，如今努力揣想那个瞬间——我的心跳不再在我脑中延续，但徒劳无功。黎明和上诉的念头还是挥之不去。最后我只好说，最明智的做法就是不要再勉强自己。

他们会在黎明前来提拿，这是我早就知道的。于是，我每个夜晚都在等待这个黎明的到来。我从来不喜欢意外，如果发生什么事，我希望人在现场。所以，我只在白天稍微睡一会儿，而每一个夜晚，我都耐心等待着日光从那扇天窗中出现，最难熬的是我知道他们习惯动手处决的时刻。一过了午夜，我就等着、窥伺着。我的耳朵从来没有听到过如此多的嘈杂，分辨出如此细微的声响。其实，我可以说，这段时期，我很幸运，因为我从未听到脚步声。妈妈常常说，人绝不会是百分之百痛苦。在牢狱里，当天空出现色彩，新的一天照进我的囚房，我认同她的观点了。因为我也有可能听到脚步声，被吓得心脏爆裂。虽然，最细小的声音都会让我立刻冲向门边；虽然，耳朵贴着木墙，我疯狂地在等待，直等到听得见自己的呼吸声，嘶哑得像一条狗的喘息，让我害怕。但最终，我的心脏没有爆裂。我又赚到二十四小时。

一整天，我都想着上诉的问题。我把这个想法做了全盘思考，计算各种可能，并从这番思考中得到最好的效益。我向来先做最坏的假设——上诉被驳回，"那么，我就死定了"。比别人死得早，这点很明确。但是所有人都知道，人生是不值得活的。其实，我并非不知道三十岁死和七十岁死，差别有限。因为，无论何种情况，其他的男男女女还会活着，而且会活上千千万万年，这是再清楚不过的事。不管是现在，还是二十年后，死的横竖是我。此刻，这番推论让我不安的是，想到还有二十年可活，我就心头狂跳，不过，只要想到二十年后，终究还是要面对同一结局、同样的纠结，这个念头也就被按捺下去。既然人都会死，怎么死、何时死，就没有什么大分别了。这道理很明显。因此（最要紧的就是，不要把代表这一套推论的"因此"给漏掉了），因此，我接受上诉被驳回。

在这时候，只有在这时候，我可以说有了权利，或者说我允许自己思考第二种可能：我被特赦了。这下麻烦的是，我得抑制住血液的沸腾和身体的激动，因为欢喜若狂使我受到刺激，我必须努力把这种呼喊压抑住，尽量说服自己，即使面对这种假设，我也得表现得很自然，以便在第一种可能性出现时，我的坦然更可信。当我做到了，我又能获得一小时的平静，这毕竟也是值得的。

就是在类似这样的时刻，我再次拒绝会见神父。我伸展身子躺着，望着有几分金黄色的天空，想象夏日黄昏的降临。我刚抛开上诉的念头，现在可以感觉血液在身体里规律地流动。我不需要见神父。长久以来，我第一次想到玛丽，她已经很久没有给我写信了。这晚，我思量着，她应该是厌倦于再做一个死刑犯的情妇。我也没想过，或许她病了，甚或死了，这也都合乎常理。既然我们的身体不在一处，两人间没有任何联系，也没有什么让对方记得的事，我又怎么能知道她的状况？从这一刻开始，我对玛丽的记忆也可有可无了。她若死了，我就不再对她感兴趣，我认为这很正常，就像我死后，我完全能了解别人会把我忘了，因为他们跟我完全没关系了。我甚至也不觉得，这样想会难受。

正巧在这时候，神父进来了。看到他的时候，我不自觉地颤了一下，他发现了，叫我不要害怕。我跟他说，照惯例，他不该在这个时候出现。他表示，这只是一次友善的探访，跟我的上诉无关，他对这个问题也一无所悉。他在我的床上坐下，示意我坐近一点，我拒绝了。不过，我觉得他的态度非常温和。

他就这样坐了一会儿，前肘放在膝盖上，头低着，眼睛盯着他的手。他这双手细致又结实，让我想到两只敏捷的小动物。他慢慢搓着两只手，就这样坐着，头一直低着坐了很久，久到我有一阵子几乎忘了他的存在。

但他突然抬起头，面对面看着我，问道："为什么你一直拒绝我的探访？"我回答，我不相信上帝。他想知道我是否完全确定，我说，我没必要考虑这个问题，对我来说，这完全不重要。他于是把身体往后靠，靠着墙，手掌打开，平放在大腿上，几乎不像在跟我讲话的样子，接着说，人有的时候自以为很确定，其实并没有那么确定，我没搭腔。他看了看我，又问："你认为呢？"我说很可能。我或许不确定对什么事真正感兴趣，但我十分确定我对什么不感兴趣，而偏巧他跟我谈的事，我不感兴趣。

他把眼睛转开，没改变姿势，又问我之所以如此，是否因为过度绝望。我向他解释，我不是绝望，我只是害怕，这也是人之常情。他接着说："上帝会帮助你的。我见过的所有与你处境相同的人，最后都会皈依祂的。"我认为，这是他们的权利，也许因为他们还有时间。至于我，我不需要帮助，因为我没有时间去关心我不感兴趣的事。

这时候，他的手做了一个很恼火的动作，但随即坐正，理了一下袍子的折纹。理妥之后，他对着我，对我称"我的朋友"：他之所以跟我说这些，不是因为我被判死刑；他认为，我们所有人都被判了死刑，我立刻打断他的话说，这可不一样，再怎么说，这对我也不能是一种安慰。"当然，"他同意，"但是你今天不死，以后还是会死，终究要面对同样的问题。你预备如何面对这可怕的考验呢？"我回答说，我会完全以现在的方式面对它。

听到这里，他站了起来，直直地盯住我的眼睛。这把戏我很熟悉，以前就常跟埃马纽埃尔或赛来斯特玩过，通常是他们先把眼睛别了过去。神父显然也很熟悉这一套。我立刻就懂了：他的眼光一点也不闪烁，声音也丝毫不颤抖地说："难道你就不带一点希望，你就带着会完完全全死去的念头过日子？""是的。"我回答。

于是，他低下头，又坐了下来，他说他为我难过。他判定，这种想法是人承受不了的。而我只觉得，他开始让我厌烦了。我也转过身子，走向天窗，用肩膀靠着墙，我没太注意他说什么，只听到他又开始问我问题。他的声音焦虑又急迫，我感觉他动了真情，开始认真听他讲话。

他说他确信我的上诉会成功，但是我身上背负的沉重罪愆，必须先卸下。依他看来，人类的判决不算什么，上帝的判决才是一切。但我指出，是人类判决了我的死刑。他回说，人类的判决并不能洗刷我的罪。我告诉他，我不知道什么叫罪，人家只让我知道，我是罪犯，既然犯了罪，抵罪就是，也不能要求更多了。这时，他又站了起来。我想，这囚房太窄了，他想活动一下，也没有什么选择，不是坐下，就是站起来。

我的两只眼睛盯着地上。他向我走近一步，就停住了，好像不敢再向前进。他从铁栏杆望向天空。"你错了，我的孩子，"他说，"有可能要求更多，会要求更多的。""还能要什么？""可以要求你看。""看什么？"

神父环顾四周，然后用一种我觉得很疲惫的声音说："所有这墙上的石头都渗着苦痛，我知道。我每次看这些石头都很痛苦，但是我从内心深处相信，即使你们当中最不幸的人，也能在这阴暗的石头中看到一张神圣的面孔。我要你看的就是这张面孔。"

这让我激动起来。我说，这几个月来，我一直盯着这墙壁，对这些墙壁，我比这世上任何东西、任何人都清楚。或许，很久以前，我曾经寻找过一张面孔，这张面孔有太阳的色彩和欲望的火焰：那是玛丽的面孔。我的寻找终究是白费气力，现在，这一切都过去了。反正，我从来没有在这石头渗出的水气中看到什么。

神父以一种忧戚的眼光看着我。我现在整个人完全靠在墙上，日光洒在我的额头。他又说了些我没听清楚的话，之后很快又问我是否愿意让他拥抱。"不行。"我拒绝。他转过身，走向墙壁，把手缓缓地在墙上抚摸，一边喃喃说道："你就如此依恋这世间？"我没有回答。

他就这样背对着我，好长一段时间。他待在这里让我很有压力、很心烦，正想叫他出去，让我清静，他却突然转身向我，大声吼道："不，我不能相信，我肯定你也想过有来生。"我回答，那是自然，但那种想法也没有什么意义，就像我也希望很有钱、很会游泳或嘴形长得好些之类。但他打断我的话，他要知道我想象的来生是什么样的。我大声对他说："是一个我会记得这一世的来生。"而且马上接着说，我听够了。他还要跟我谈上帝，但我走近他，做最后一次努力，向他解释，我的时间不多了，我不想浪费在上帝身上。他想转变话题，问我为什么一直称他"先生"，而不叫"神父"。这句话把我惹恼了，我说他不是我父亲，他是跟其他那些人站在一边的。

"不，孩子，"他把手放在我的肩膀上，"我是站在你这一边的，只是你不知道，因为你的心被蒙蔽了。我会为你祈祷。"

这一下，不知道为什么，一股无名之火突然从我身体里爆开来，我开始扯着喉咙喊叫、辱骂他。我叫他不要为我祈祷。我一把抓住他那件长袍的领子，把深埋心中的想法一股脑向他宣泄出来，喜怒交杂，激动无比。哼，他看来笃定得很，是吧？其实他那些信念不值女人的一根头发，他是不是个活人都不确定，因为他活得像行尸走肉。而我，我看起来两手空空，但我对自己、一切都很确定，比他要确定。对我的人生和即将到来的死亡，都很确定。是的，我就只有这么多了，但至少，我牢牢抓住这个确定，就像它也牢牢抓住我。我以前是对的，现在是对的，我永远都是对的。我过去是这样生活的，我也可以过另一种生活。我做了这，没有做那，又或者，我没有做这件事，却做了另一件，那又如何？我像是一直在等着这一刻，等着在这个短暂的黎明被处决。一切的一切都不重要了，我知道原因，他也很清楚。在我过着这荒谬的一生时，一股阴暗的气息从未来的深处穿越尚未到来的岁月，向我扑来，它所经之处将别人想让我过的和我现在过的日子变得没有差异，都一样不真实。别人的死活、母亲的爱对我有什么意义？他的上帝、人们选择的人生、抉择的命运与我何干？既然只有一种命运抉择了我自己，同时还选择了成千上万的选民，就跟他一样，口口声声叫我兄弟。他明白吗？他到底明不明白？所有人都是被选中的，世上人都如此。其他人也总有一天要死的。他也一样，他也会被判死，所以，被控谋杀，其实是因为他在母亲的葬礼没有掉泪，这有什么要紧？萨拉曼诺的狗和他的老婆一样有价值，那个机械化的女人和马颂婆的巴黎小姐或一心想嫁给我的玛丽都同样有罪，赛来斯特要比雷蒙强，但他们俩都是我的朋友，又有什么要紧？如果玛丽今天把她的唇献给了另一个莫禾梭，那又如何？他到底明不明白，这个死刑犯，从我未来的深处……我大吼出这一大串，气都喘不过来了。但这时已经有人把神父从我手里拉开，警卫对我出言威胁，神父却反而安抚他们，静静地看了我一阵子，眼里满是泪水。他转过身，消失了。

他走了之后，我恢复平静，瘫倒在睡铺上。我想我一定是睡着了。因为醒来的时候脸上洒满星光。乡野的各种声音一直传到我的耳里。夜晚，大地和盐的气味让我的额头清爽多了。在这沉睡的夏夜，美妙无比的安详如潮水般浸透我的全身。就在这时，在黑夜将尽之际，汽笛声响起，就要启航，那个世界，从此我完全不在乎了。长久以来，我第一次想到妈妈，我好像突然了解，为什么她在人生走到尽头的时候，找了一个"未婚夫"，为什么她要冒险重新开始。在生命逐渐凋零的养老院周围，在那儿，夜晚也一样是一个凄凉的休止符。如此接近死亡，妈妈一定已从中解脱，准备一切从头开始了。没有人、没有任何人有权为她哭泣。我也一样，我也准备好重新开始了。那样痛快地发泄怒气，似乎洗涤了我的恶性，也灭绝了希望。在这个充满征兆和星辰的夜晚，我第一次向这世界温柔的冷漠敞开我自己。我感觉它跟我如此相似，又如此友善。我深觉我一直是幸福的，而且依然如此。为了使一切完满，为了使我不要觉得孤单，我唯一能期望的，就是行刑那天，会有很多观众，以仇恨的呐喊迎接我。